KB236818

글그림 논술

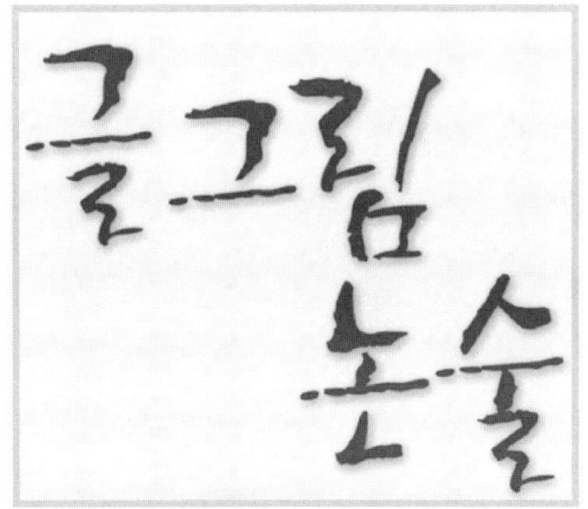

글그림논술

현 남 섭

도서출판 역락

1. 이 책을 쓰게 된 까닭

글쓴이는
대학에 입학한 뒤에
무슨 일로 말미암아 어느 날
글쓴이 스스로는 글짓기를 못한다는 것을 깨닫고
책읽기를 많이 하면
글쓰기를 잘 할 것으로 여기어 그렇게 애썼고
그러한 시간이
흐르는 가운데 언제인가부터는 글짓기를 잘하게 되었다.

글쓴이는
어찌하다가
서점과 도서관에서
논술에 대한 서적을 읽어보니
논술을 할 수 있는 방법을
사뿐히 설명하는 책은 눈에 띄지 않고
무슨 문법책이나
민법책이나 경제원론책처럼

'어려운 말'을 가지고 논술을 설명하고 있고
그리고
그 어려운 말의 양이 많아서
논술을 설명하는 것인지 아니면
어려운 말을 늘어놓는 것인지 모르겠지만
시중에 나와 있는 논술책은
논술로 가는 길잡이 노릇을 못하고 있다는 느낌이 들었다.

그리고
논술에 대하여 설명한다고 하면서
글은 서론, 본론, 결론의 틀로 써라,
개요짜기, 논증하기, 예증하기 들들의 말들은
굳이 설명을 하지 않아도
초등학생들도 다 알고 있는 것들로 생각하는데
논술을 설명하는 지은이들은
나는 '봉황새'로서 말하고 있으니
내 말을 잘 들어라하는 투로 말하지만
이러한 말이
글쓴이에게는
'앵무새'처럼 말하는 것으로 보여서
글쓴이는
'생각'을
'동영상'처럼 바꿔주는 '글그림 논술'이란 책을 쓰게 된 것 이다.

2. 이 책의 줄거리

　　글짓기의 조건은
'문장짓기'와
'엮어내기(문장잇기)'이란 두 가지라고 깔아놓고
모든 글(논술, 소설, 시, 수필, 희곡들)은
이 두 가지를 응용하는 것으로 다시 깔면서
이 두 가지에 대하여
이론적 측면에서는 논문식으로 설명하였고
현실적 측면에서 수필처럼 쉽게 설명하고자 했다.

　　먼저 이론적 측면에서
글짓기의 두 가지 조건으로
글쓴이가 내세운
문장짓기와 엮어내기를 말로 풀어놓고
이어서 객관적 자료를 내보이며 설명하고 나서
또 몇몇 기성작가들이
습작시절에 겪었던 것을 털어놓은 이야기에서
글쓴이는
문장짓기와 엮어내기와 관계된 말을 추려내어
글쓴이가 말하는
글짓기의 두 가지 조건은
현실성이 있다는 것을 나름대로 또렷하게 펼쳐놓았다.

　　그리고 현실적 측면에서
초·중·고생이 쓴 수필과 독후감을 가지고

문장짓기와 엮어내기의 이론으로 첨삭설명을 했고
이어서
중학생이 쓴 두 편의 논술과
고등학생이 쓴 네 편의 논술에 대하여도
문장짓기와 엮어내기의 틀로
또 첨삭설명을 했는데
이때
고등학생의 논술에 대한 첨삭설명은 서로 주고받는 투로 설명했다.

여기서 '서로 주고받는 투의 설명'이란
고등학생을 대상으로 한
어느 논술 경시대회 입상작품을
문장짓기와 엮어내기의 관점에서
입상작품들이 갖고 있는 잘잘못을
서로 비교 설명한 것을 뜻하는 것으로
이러한 서로 주고받는 투의 설명은
글짓기의 그 두 가지 원리가
현실의 논술에서
어떻게
응용되어야 하는가를 한 눈에 알아볼 수 있도록 하고자 한 것이다.

3. 이 책에서 말하는 것을 따라하면

글짓기와 논술에
목마른 사람들이여!
현남섭이

쓴 '글그림 논술'을 읽으시오!
그러면
읽는 사람들의 얼굴에는
연예인다운 그 빛깔이 생길 것이라고 생각합니다.

왜냐하면
연예인다운 빛깔이란
무대 위의 그 연예인들이
무대의 아래에 있는 저 사람들에게
스스로가 멋지게 보이도록
스스로를 연출해 놓은 분위기를 뜻하는 것으로
연예인들은 대체로
연예인생활로 말미암아 무대에 여러 번 오르다 보면
글쓴이가 말하는
연예인다운 빛깔로
스스로를
연출해 놓는 기술을 터득해서 알고 있다고 보는데
무대의 아래에 있는 사람들도
현남섭이
알려주는 '글그림 논술'을 읽으면
읽는 사람들은
스스로의 생각을
글로 연출하는 방법을 터득할 수 있고
생각을
글로 연출한다는 것은
머릿속의 생각을

컴퓨터 속의 동영상처럼 연출하는 것으로
마음 속 생각을
동영상처럼 연출할 수 있는 사람은
연예인처럼 무대에 직접 서지(오르지) 않더라도
스스로를 남들에게 멋져 보이도록 하는
스스로(나)만의 분위기를
연출할 수 있는 방법을 스스로 터득할 수 있다고 생각하기 때문이다.

4. 글쓴이와 글짓기

1. 글쓴이는 1960년 충남 온양온천에서
   좀 떨어진 시골마을에서 태어났습니다.

2. 재수를 해서
   1980년에 서울 시립대학교 무역학과에 들어갔습니다.

3. 학교에 들어가서 4월 어느 날 학보에 나온 무슨 글을 읽고
   글쓴이도 학보에 글쓴이가 쓴 글이 실리었으면 하고
   글을 쓰다가 글짓기를 못하는 스스로를 깨닫고
   책읽기를 많이 하면
   글을 잘 쓰겠지라고 생각하며 책읽기를 꾸준히 열심히 했습니다.

4. 1981년 2학년 여름방학 때
   '자유의 미학'이란 논설문을 써 놓았으나
   시간의 흐름 속에서 졸업하고 사회생활을 3년 하다가
   자유의 미학을 1990년에 모교 신문사에 투고를 했더니

학교신문에 실어주었고 이 뒤에 세 편의 글을 더 실어주었습니다.

5. 1994년 11월에 컴퓨터 통신을 하면서
   여느 남들처럼
   통신상의 게시판에 취미로
   논설적인 글을 올리기 시작했고 현재도 하고 있습니다.

6. 글쓴이는
   시중에 나와 있는 논술책에 대하여
   못마땅하게 생각하고 있었는데
   2000년
   9월 어느 날에
   출판에 대한 이런 저런 이야기를 듣고
   글쓴이가 나서서
   논술에 대한 책을 내야겠다고 생각하고
   10월부터
   생각을 동영상처럼 바꿔주는
   '글그림 논술'에 대한 글짓기(?)를 시작했습니다.

7. 12월 어느 날에는
   '한글학회'에서 펴내는
   '한글새소식'의 내용을 보던 중에
   누리그물(인터넷)로 투고할 수 있는 것을 알고
   글쓴이는
   논술책을 펴내기에 앞서서
   글쓴이의 논술실력을 객관적으로 평가받는 것이

논술에 대해 '아는 체'를 하려는 사람으로서
뭔가 말이 되는 것이라고 여기고
논설적인 글을 써서
2001년 1월 5일에 한글학회로 투고했더니
마침 투고한 글을
한글학회에서 한글새소식 2월호에 실어주었고
이 뒤에 사이를 두고
세 편의 글을 더 투고했고 한글학회에서는 이를 실어주었습니다.

* 세 편의 글 가운데 두 편은
  같은 해 4월호와 10월호에 실리었고
  나머지 글은 2002년 1월호에 실리었고
  한글학회 누리그물 주소는 www.hangeul.or.kr입니다.

8. 2000년 7월 25일에
   누리그물의 어느 게시판에 올렸던 글이
   '전자신문'인 '뉴스보이'에서
   여러 누리집의 게시판에 올라오는 글들을
   몇 가지 분야별로 나누어
   날마다
   '오늘의 글' 정도로 뽑는 글들 가운데
   글쓴이가 쓴 글이
   이를테면 2000년 7월 25일자에서
   '개성이 있는 오늘의 글'정도로
   뽑힌 것을
   2001년 8월에 우연히 알게 되었습니다.

* www.newsboy.co.kr에서
‘네티즌 아우성’이란 게시판에서
2000년 7월 25일로 돌아가면
“열등감을 이겨내는 방법”이란 글을 볼 수 있었는데
요새는 ‘www.newsboy.co.kr’이 뜨지 않고 있습니다.

9. ‘글쓴이와 글짓기’는 여기까지가 끝입니다.

목 차

목 차

둘째 마당. 글짓기 교실(실전)

셋째 마당. 논술 교실

목 차

넷째 마당. 덧글

첫째 마당.
글짓기 교실(이론)

1. 길잡이

글짓기에 대해서 이야기하고자 한다.

글짓기는 '문장짓기(뒤에서 알려줌)'와 '문장잇기(뒤에서 알려줌)'로 이루어지는 것으로 깔아놓고, 글짓기의 기초는 문장짓기로 생각하여 이에 대해서 언급하고 이어서 글짓기에 대한 글쓴이의 경험을 이야기하고자 한다.

글이란 자신의 감정이나 생각을 언어로써 나타낸 형태[1]라고 하는데 여기서 언어를 '문장'으로 바꾸어, 글은 자신의 감정이나 생각을 '문장'으로 나타낸 형태가 모여서 단락이 되고 단락이 모여서 글이 된다고 풀이할 수 있다고 생각한다.

물론 문장을 모아 놓은 자체를 글이라고 할 수는 없지만 여러 문장이 모여 이 문장들이 서로 어우러지게 아우러 놓아서 일정한 의미가 있는 상태가 되면 글이라고 생각한다.

글의 의미를 위와 같이 생각하면 무슨 글을 쓰려는 사람은 자신의 감정이나 생각을 일단 일정한 문장으로 표현하는 기능(초·중·고의 학생은 자신의 수준에 맞는 어휘력을 가지고 자신이 배우는 국어 교과서 정도의 문장수준을 구사할 수 있는 기능이고 일반인은 일반 서적의 문장 수준을 구사할 수 있는 기능)을 습득하는 것이 중요하다고 생각하며 '문장짓기'와 '문장잇기(엮어내기)'란 말을 하고자 한다.

'문장짓기'란 자신의 감정이나 생각을 일정한 문장으로 표현하는 자체를 의미하고, '문장잇기'란 문장짓기로 이루어낸 문장들을 서로 어우러지게 해서 문장잇기 해 놓은 문장들 전체에서 일정한 의미가 성립되게 아우르는 것을 뜻하는 것으로 풀이하고자 하는데 문장짓기를 설명한 것을 바탕으로 아래의 단락을 읽어보자!

글에는 하나의 줄거리가 있다.
하나의 줄거리에는 여러 개의 문단이 있어야 한다. 또, 이 문단들은 몇 개의 문장이 접속되어 나타난다. 이러한 문장과 문단의 줄거리가 유기적으로 연결되었을 때 좋은 글이 되는 것이다.[2]

이제까지 이야기한 것을 뒷받침으로 해서 글짓기는 문장짓기로 시작하여 문장잇기로 마무리되기에 글짓기의 기초는 문장짓기라고 다

---

1) 김동리 외 2인 공저, 작문(고등학교용), (주)노벨문화사, 1988, 9쪽.
2) 위의 책, 29쪽.

시 한 번 더 힘주어 말하며 논리를 펼쳐나가고자 한다.

글짓기의 기초가 문장짓기라면 어떻게 해야 문장짓기를 잘 할 수 있을까?

문장짓기를 잘 하기 위해서는 먼저 문장짓기의 밑천이 되는 어휘력이 풍부하여야 하겠고 다음으로 어휘력을 바탕으로 자신의 생각이나 감정을 일정한 문장으로 표현하는 문장짓기 이 자체를 잘 하기 위해서는 '문형연습' 또는 '문체모방'을 해야 한다고 생각한다.

먼저 어휘력에 대해서 언급한다.

여기서 말하려는 어휘력은 사람들이 단순히 이해하고 있는 상태로 알고 있는 어휘력을 뜻하는 것이 아니라 사람들이 무슨 글을 쓰고자 할 때 곧 바로 활용할 수 상태의 어휘력을 뜻한다.

이를테면 한자를 많이 알고 있는 사람이 한자가 섞여 있는 신문이나 일반 서적의 내용을 이해하며 읽는데 아무런 지장이 없는 사람도 신문이나 일반서적에서 자주 눈에 띄는 특정한 한자를 가리키며 그 한자를 종이에 써보라고 하면 잘 쓰는 듯해도 이따금 획수에서 조금은 틀리는 경우가 있다.

이와 비슷하게 글을 잘 못쓰는 사람들 가운데도 어휘를 많이 알고 있어서 이들이 알고 있는 어휘수준의 일반서적과 전문서적을 어려움 없이 읽으면서도 막상 이들 자신들이 무슨 글을 쓰고자 할 때는 이미 알고 있는 어휘들이 머리에 떠오르지 않아서 자신들의 감정이나 생각을 표현하는 데 자신들이 알고 있는 어휘들을 곧 바로 활용하지 못하는 경우가 있다고 생각한다.

위와 같은 경우의 '뾰족한 수', 곧 무슨 글을 쓰고자 할 때 표현하려는 어휘가 자연스럽게 머리에 떠오르게 하는 방법은 다음의 인용문이 그 설명을 해준다고 생각한다.

말하는 솜씨가 능숙해지려면 자기가 작품(여기서 작품이란 말은 글이
나 책을 뜻하는 것임-글쓴이가 풀이한 것임)을 선택해서, 그 내용을 잘
표현해 보겠다는 기분으로 음독한다. 이것을 '표현읽기'라고 한다.

이러한 표현읽기의 효과는 말을 하는 데 아주 편해져 이야기를 할 때
나 글을 쓸 때 말이 술술 나오게 되며, 다른 또 하나의 효과는 '이해어
휘'가 상당히 쉽게 '표현어휘'로서 쓸 수 있다는 점이다.

보통 이야기나 문장을 듣고 읽었을 때는 곧잘 이해가 되지만, 알고 있
는 말을 표현할 때 자유롭게 쓸 수 있다면 대단한 실력이겠으나 정작 이
야기를 하거나 글을 쓰려고 할 때는 알고 있는 말을 10분의 1도 쓰지
못한다. 이것이 사실이다.

그런데 평시부터 '표현읽기'를 할 때는 읽어서 이해하는 어휘를 곧 자
기 목소리로 표현하므로 '말의 기관'에 말이 언제라도 쓸 수 있는 형태
로 생생하게 저장된다.

따라서 어떤 것을 말하려고 할 때 그것에 말이 번개 같이 머리에 떠
오르게 된다.[3]

다음으로 문장짓기를 잘 하기 위해서는 문형연습 또는 문체모방
을 해야 한다는 것을 말한다.

먼저 다음을 읽어보자!

외국어를 배운다는 것은 비행기를 조정하는 방법이나 피아노를 치는
방법을 배우는 것과 몇 가지 점에서 비슷하다. 앞의 세 가지 사항을 하
는 방법을 배우기 위해서는 많은 연습이 필요하므로 단지 무엇을 알고
있다는 것만으로는 결코 충분하지 못하다. <u>사람은 자신이 알고 있는 것
을 통해서 알고 있는 것을 할 수 있어야 한다.</u>

비행기를 조정하기 위해서는 비행기를 조정하는 방법에 관한 책을 읽
는 것만으로는 충분하지 못하다. 책은 사람들에게 비행기의 조정법에 관
한 많은 정보를 제공할 수 있지만 사람들이 단지 책만 읽고 많은 연습을
하지 않은 상태로 비행기를 조정한다면 무엇인가와 충돌하여 목숨을 잃

---

3) 전용운 편저, 대학 교양국어, 한국출판사, 1992, 166~167쪽

게 될 것이다.

지금까지 비행기를 조정에 대해 언급한 것은 피아노를 치는 것에 똑같이 적용된다.[4]

위의 단락을 인용한 것은 글짓기의 기초인 '문장짓기'를 잘 하기 위해서도 일정한 연습이 필요하다는 생각을 힘주어 말하고자 함인데 다음은 그 현실적인 '보기'라고 생각한다.

청소년 시절을 통해서 나는 게으름뱅이로 알려지고 또한 게으름뱅이의 본보기로 지적되고 있었다. 그러나 나는 나대로의 목적을 추구하는 데, 언제나 바빴는데, 그것은 글쓰는 공부를 하는 것이었다. 나는 어디를 가던지 두 권의 책을 가지고 다녔는데, 그 하나는 써넣기 위한 공책이었다. 무엇인가 마음에 든 문장을 읽으면 나는 곧 앉아서 읽고 있던 책을 쓴 지은이의 문체를 모방하여 써 보았다.

내가 그렇게 해서 덕을 입었던 입지 못했던 간에 이것이 문장을 쓰는 것을 배우는 길이라고 믿고 있다.[5]

지금까지 글짓기는 문장짓기로 시작하여 문장잇기로 마무리되는 것으로 하여서 글짓기의 기초는 문장짓기이고 이 문장짓기를 잘하기 위한 두 가지인 표현읽기(어휘력)와 문체모방(문형연습)에 대해 언급했다.

이제부터는 글짓기에 대한 글쓴이의 경험을 언급하고자 한다.

글쓴이는 대학에 들어간 뒤에 얼마 있어 학교신문을 보고서 글쓴이도 학교신문에 글쓴이의 글을 실어 봤으면 하는 생각에 잠기었다. 그래서 글쓴이는 무턱대고 종이와 연필을 가지고 도서관에 자리를 잡

---

4) Robert O'Neil, American Kernel Lesson, 김병희, 탑출판사 ,1986, 18쪽
5) 김규정 편저, 고급영문영어, 법문사, 1972, 265쪽

고 일정한 주제를 정하여 처음 한 두 줄은 무엇이라고 썼다. 그러나 세 네 줄부터는 아무 것도 써지지 않았다. 머리 속에서는 무엇을 써야 한다는 것이 있었으나 그것이 써지지 않는 것을 여러 번 느꼈다.

무슨 수가 없을까 궁리하다가 3다, 곧 많이 읽고, 많이 생각하고, 많이 써 봐야 글을 잘 쓸 수 있다는 말이 생각나서 3다 가운데 글쓴이가 먼저 해야 할 일은 많이 읽는 것이라고 여기고 '책읽기'에 열중하였다.

책을 읽을 때는 늘 '빈 종이'를 옆에 갖다놓고 읽는 책에서 처음 보는 낱말(주로 사회과학 관련 서적을 읽었음)과 처음 보는 표현방법과 내 마음에 닿는 문구들을 빈 종이에 적어 놓았다가 이것을 뒤에 다시 '독서공책(내가 스스로 이름하여)'이란 것에 옮겨 적었다.

독서공책에 옮겨 적어 놓은 것은 이따금씩 되풀이하여 읽어보며 될 수 있는 대로 이것을 외우려고 애썼고 얼마는 외웠다.

책읽기를 시작하여 약 60∼70권의 책(학생증의 도서 대출란을 헤아려 보니)을 읽게 되자 독서공책(약 50쪽)은 약 2분의 1정도가 채워졌다.

약 60∼70권 정도의 책을 읽은 뒤를 앞뒤로 하여 어느 날부터는 '연습장'에 그냥 낙서를 하다가 아무런 생각 없이 중얼중얼하듯이 연습장에 무엇이라고 몇 줄 정도의 분량으로 쓰는 버릇이 생겼다.

위의 일을 글쓴이는 알아채지 못하면서 시간이 지나던 가운데, 우연히 연습장에 글쓴이가 두 세 줄 정도의 분량으로 무엇이라고 써 놓은 것을 읽고 글쓴이는 무슨 발견이라도 한 느낌을 받았다.

앞에서 글짓기의 기초는 문장짓기라고 했는데 이제야 와서 생각해 보면 연습장에 글쓴이가 몇 줄 정도의 분량으로 무엇이라고 써 놓았던 것은 그 때 글쓴이에게서 문장짓기의 싹(?)이 튼 것으로 생각해 본다.

다음은 그냥 즉흥적으로 아무런 생각 없이 중얼중얼하듯이 그 때의 기분을 살려서 붓 가는 대로 써 본 것이다.

현재는 발전하는 모습으로 미학적인 수익률을 최대한 가속화하여 나는 여기서 노래하고 있다. 고향에는 봄이 오고 있다고 인류의 공통적 관심사로 생각하는 바다바람이 좋다.

위의 두 문장은 두 문장 사이에서는 물론이고 각각의 개별문장에서도 어떤 객관적인 의미를 발견할 수 없지만, 글쓴이는 위의 두 문장에 깔려 있는 일정한 내용(별 의미가 있는 것은 아님)을 알고 있다.

위의 두 문장을 쓸 때 글쓴이는 무슨 생각을 일관되게 하면서 쓴 것이 아니라 이런 생각을 하다가 저런 생각을 하면서 이런 생각과 저런 생각을 그것도 부분적으로 섞어서 하나의 문장에 나타내었기 때문에 제3자는 알 수 없고 글쓴이만이 알 수 있다.

연습장에 써 놓았던 위와 같은 문장을 보고 난 뒤부터는 이러한 문장을 일부러 써 보는 경우가 있었는데, 이상하게 '숙달된 조교(?)'처럼 위와 같은 문장을 쉽게(?) 써 내려가는 글쓴이 스스로를 알아채고, 글쓴이도 어떤 객관적 의미를 담은 문장을 쓸 수 있겠구나하는 생각과 함께 자신감을 얻게 되었고 얼마 뒤에 이러한 생각과 자신감은 어느 정도 실천되었기에 위와 같은 두 문장을 보이면서 그 설명을 하는 것이다.

아무튼 연습장에 중얼대듯이 몇 줄을 써 놓았던 것을 우연히 읽은 뒤부터는 글쓴이는 마음먹고 글쓴이의 생각과 감정을 일관성 있게 문장으로 표현해 보려는 일을 이따금씩 했는데, 뒤에 편지를 쓸 때는 글쓴이의 평소 실력보다 한 단계 높은 수준에서 편지를 쓰고 있다는 느낌이 들었다.

하지만 책읽기는 같은 방법으로 얼마동안 더 하다가 일정한 내용의 글을 실제로 써 보기로 했다.

평소에 관심이 있던 '자유'와 관계된 주제를 가지고 글을 쓰기 시작하였다.

글을 쓰면서 나름대로 시행착오(?)와 우여곡절(?) 끝에 글쓴이가 뜻하는 글을 일단 마무리했다.

글이라고 써놓았지만 남들이 이 글을 글이라고 알아줄까 하는 일이 남게 되었다. 글쓴이가 써놓은 글을 어디론가에 투고라는 것을 해 보고 싶었지만 왠지 자신이 없었다.

그냥 시간이 흐르면서 휴학을 하고 군대에 가게 되었고 복학하고서는 괜히 마음이 바쁘다 보니 글쓴이가 써 놓았던 글에 대해서는 까맣게 잊고 있었다.

학교를 졸업하고 약 3년 뒤에 어느 날 책상을 정리하다가 글쓴이가 써 놓은 글을 보게 되었다.

써 놓은 글을 새삼스럽게 읽어보니 제법 쓴 것 같기도 하고 시시한 것 같기도 했지만 "밑져야 본전이다"는 마음으로 용감하게 모교인 시립대신문사로 투고했다.

한 달 보름쯤 뒤에 시립대 신문이 집으로 배달되어 글쓴이가 쓴 글이 처음으로 활자화되어 있는 것을 볼 수 있었다.

위의 내용이 글짓기에 대해 글쓴이가 한 경험이다.

지금까지 글짓기의 기초는 '문장짓기'라 하고 문장짓기와 글짓기에 대한 글쓴이가 한 경험을 늘어놓았는데, 이제까지 이야기한 문장짓기의 이론(?)과 글짓기에 대한 글쓴이가 한 경험을 덮어놓아 본다.

글쓴이는 논설형의 멋진 글을 써 보겠다고 책읽기를 하면서 읽는 책에서 처음 보는 낱말, 처음 보는 표현방법, 마음에 와 닿는 문구 들들을 '독서공책'에 옮겨 적어 놓고 이것을 여러 번 되풀이하여 읽고 또 외우는 과정에서 문장짓기를 설명하면서 말했던 '표현읽기'와 '문체모방'의 일이 자연스럽게 어느 정도 이루어져, 스스로의 생각이나 감정을 문장으로 표현하는 문장짓기의 기능(?)을 글쓴이는 어느 정도 습득하게 된 것이 아닌가 하는 마음이다.

다음은 시인인 김후란 씨의 '문학 지망생에게'란 수필에서 가져온 것이다.

다음은 많이 보고 느끼고 생각을 정리하되 시면 시, 소설이면 소설이라는 틀에 맞추어 작품을 써 보는 훈련을 싫증내지 않고 계속하는 일이다. 일품이 될 소재란 따로 있는 것이 아니고 무엇을 어떻게 표현하고 정리하는가 하는 게 열쇠인 만큼 잡힌 것은 주저 없이 써 보기 바란다.[6]

위의 단락에서
"……무엇을 어떻게 표현하고
정리하는가 하는 게 열쇠인 만큼……"에서 보이는
'표현하고'는 '문장짓기'와 관계되고
'정리하는가'는 '문장잇기(엮어내기)'와
관계되는 것으로 볼 수 있다고 생각하며 글을 맺는다.

---

6) 김후란, 너로 하여 우는 가슴이 있다(수필집), 학원사, 1985년, 28쪽.

2. 문장짓기

1.

여기서는 '글짓기 교실 1'에서 말했던 문장짓기에 대하여 좀더 자세히 말하고자 한다.

2.

글쓴이는 '글짓기 교실 1'에서 『글쓴이는 대학에 들어간 뒤에 얼마 있어 학교신문을 보고서 글쓴이도 학교신문에 글쓴이의 글을 실어 봤으면 하는 생각에 잠기었다. 그래서 글쓴이는 무턱대고 종이와 연필을 가지고 도서관에 자리를 잡고 일정한 주제를 정하여 처음 한 두 줄은 무엇이라고 썼다. 그러나 세 네 줄부터는 아무 것도 써지지 않았다. 머리 속에서는 무엇을 써야 한다는 것이 있었으나 그것이 써지지 않는 것을 여러 번 느꼈다.』라는 말을 했다.

위의 말 가운데 세 네 줄부터 아무 것도 써지지 않은 까닭은 글쓴이가 말하는 '문장짓기 실력'이 모자라서 그러한 것으로 생각한다.

다음과 같은 어느 기성작가의 말을 새겨보자!

나는 시를 어거지로 조작하거나 짜맞추지 않는다. '어떤 일', '어떤 계기', '어떤 사건'이 났을 때(내 속이건 내 밖이건) 또는 자연속에서의 '어떤 일', 동네사람들의 '어떤 말'이 재미있을 때 글쓴이가 그 말을 자꾸 되뇌어 내 속에 담아둔다. 그러다가 어떤 시구절이 떠오를 때 시를 쓰면 그런저런 ‘것’들이 모두 다시 풀려 나온다.
(가져온 곳 : 김용택, 창작이란 무엇인가, 정민출판사, 1994년, 287쪽.)

위의 기성작가의 말 가운데 “동네사람들의 ‘어떤 말’이 재미있을 때 글쓴이가 그 말을 자꾸 되뇌어 내 속에 담아둔다.”라는 말은 글쓴이가 책을 읽으면서 내 마음에 드는 문구나 낱말들을 독서공책에 적어 두고 이것을 이따금 읽고 또 읽고 하여 외우는 것과 비슷하지만 글쓴이와 다른 점은 이 기성작가는 글쓴이가 말하는 ‘문장짓기 실력’이 일정 수준이 된 상태에서 어떤 말을 되뇌이는 것이었고 글쓴이는 문장짓기 실력이 아직 모자라는 상태에서 일정한 문구와 낱말들을 외우는 상황이었다고 생각한다.

위의 기성작가의 말 가운데 “어떤 시구절이 떠오를 때 시를 쓰면 그런저런 ‘것’들이 모두 다시 풀려나온다.”라는 말이 보이는데 글쓴이도 나름대로 글을 쓸 때 ‘풀려나오는‘ 것을 비슷하게 경험을 했다. 물론 기성작가는 시를 쓸 때이고 글쓴이가 논설적인 글을 쓸 때라서 상황은 조금은 다르다고 본다.

글쓴이가 어느 책을 읽으면서 “분석의 단순화를 위하여”라는 문구가 마음에 들어서 이 문구를 독서공책에 적어두고 여러 번 읽다 보니까 외워졌다.

글쓴이가 ‘자유의 미학’이란 논문을 쓰다가 앞의 문구를 활용하여 「‘분석의 단순화를 위하여’라는 전제아래 자유의 요건 중에서 외부제약인 국가의 간섭은 전혀 없고, ……」와 같이 앞의 기성작가처럼 외워 놓은 문구가 풀려나오는 경험을 글쓴이도 했고 이러한 경험은 많은 글을 쓰는 과정에서 글쓴이로서는 너무나 많이 했다는 것을 말하고자 한다.

글쓴이가 자유의 미학이란 글을 쓰면서 ‘분석의 단순화를 위하여’

라는 문구를 알고 있지 않았다면 이 문구와 비슷한 뜻을 가진 다른 문구를 활용하든지, 아니면 이러한 뜻의 문구를 내 스스로 지어내야 했다고 보는데 글쓴이가 대학교 1학년 1학기초에 도서관에서 글을 쓴다고 마음먹고 처음 한 두 줄은 뭐라고 썼지만 다음의 세 네 줄부터는 무엇이라고 쓰지 못한 것은 머리 속에 있는 일정한 생각을 글로 나타낼 문구가 나의 머릿속에 없었다든지 아니면 있었어도 순간적으로 떠오르지 않았던지, 또 아니면 머리 속에 있는 생각을 글로 나타낼 문구를 만들지 못해서, 다시 말해 문장짓기 실력이 모자라서 일어난 것 가운데 하나이겠으나 지금(이 글을 쓰는 때는 2000년 12월) 생각해보면 문장짓기 실력이 모자라서 그러했던 것으로 본다.

글쓴이가 지금 어떤 글을 쓰는 과정에서 '분석의 단순화를 위하여'라는 문구를 활용해야 한다고 할 때 이 문구를 모르고 있고 또 이와 비슷한 문구도 모르고 있다고 한다면 글쓴이는 내 스스로의 문장짓기 실력으로 '분석의 단순화를 위하여'와 비슷한 문구를 지어내야 한다.

글쓴이가 좀 궁리하여 '상황을 쉽게 따져보기 위하여'라는 문구를 생각해냈다.

'상황을 쉽게 따져보기 위하여'라는 문구에서 '상황을', '쉽게', '따져보기', '위하여'란 각각의 말은 지금 사회에서 쓰이는 낱말들이며 이 낱말들은 어려운 말도 아니지만 순간적으로 떨어져 있는 각각의 말을 뭉뚱그려서 '상황을 쉽게 따져보기 위하여'라는 문구를 만들어 내려면 글쓴이가 한 경험으로 볼 때 일정한 수준(?)의 문장짓기 실력이 있어야 한다는 것을 힘주어 말하며 이러한 문장짓기 실력이 있어야 글짓기를 잘 할 수 있는 기초가 된다고 생각한다.

'글짓기 교실 1'에서 '글이란 자신의 생각이나 감정을 문장으로 나타낸 것이다'라는 말을 했다. 자신의 생각이나 감정을 문장(문구)으로 나타내는 것이 '문장짓기'이고 이러한 능력이 '문장짓기 실력'인데, 순간순간의 감정이나 생각을 문장으로 나타내는 문장짓기 실력을 쌓는 방법은 남이 나보다 먼저 스스로의 감정이나 생각을 일정한 문장(구)로 나타낸 속담이나 명언과 그리고 책 속에 있는 내용 가운데 나름대로 가슴에 와 닿는 일정한 문구나 문장을 외워서 외운 것을 활용하고 응용하는 것이라고 생각한다.

다음에 보이는 네 문장은 글쓴이가 쓴 무슨 글에서 따로따로 따온 '문장'으로 이 문장들은 글쓴이가 이 문장들을 지어내기 위해서 글쓴이로서는 순간적으로 머리를 쥐어 짜내어 이루어낸 '문장들'이라는 것을 말한다.

1. 일반적으로 기술이란
   같은 동작을 반복된 훈련을 통해서
   숙달된 조교처럼 능숙하게 처리하는 상태를 말한다고 본다.

2. 공부란
   공부하는 대상의 과목에서
   사용되는 낱말들 사이의 관계가
   어떤 것인가를 밝히는 것으로 정의한다.

3. 논술이란
   자신의 생각을 문장이란 형태로
   질서있게(논리적으로) 정리해 놓은 자신의 주장이다.

4. 가치관이란
   보이는(구체적) 개념의 언어와
   보이지 않는(추상적) 개념의 언어를 가지고
   나름대로 체계적으로 내면화하여 삶을 살아가는 방식이다.

글쓴이가 말하는 문장짓기 실력이 어느 정도 숙달되기까지에 걸리는 시간과 양을 글쓴이가 한 경험을 바탕으로 해서 헤아려 보면 아래와 같다.

시간은 빠르면 3개월, 늦으면 1년이고 대략 6개월이면 될 것으로 생각하며 그 방법은 앞에서 말했듯이 책읽기(독서)를 하면서 처음 보는 문구나 가슴에 와 닿는 문구를 독서공책에 적어두고 이것을 여러 번 읽고 외우다보면 문장짓기 실력이 스스로도 몰라보게 달라질 것이라고 생각한다.

그리고 독서공책에 스스로에게 마음에 드는 속담이나 명언 및 기타문구를 적어두고 외우는 것을 독서공책에 쓰여진 '양'을 가지고 문장짓기 실력이 좋아지는 것을 생각해보면 독서공책에 약 25쪽 정도의 분량을 채우면서 이것을 되풀이하여 읽고 외우다보면 스스로의 생각과 감정을 어떤 문장으로 나타내는 실력인 문장짓기 실력이 뛰어나게 될 것으로 생각한다.

3.

다음은 어느 시인의 말이다.

어떤 한 가지 일에 열중하는 사람은 특히 글을 쓰는 사람은 일상적인 삶 속에서 경험하고 체험한 '어떤 일'을 흘려보내지 않고 차곡차곡 담아두었다가 나중에 모든 체험이나 경험들을 종합할 줄 아는 사람이다.
(가져온 곳 : 김용택, 창작이란 무엇인가, 정민출판사, 1994년, 287쪽)

위의 단락에서 '종합한다'는 것은 위의 시인이 생각하는 일정한 생각과 감정을 시의 틀에 맞게 꿰어 놓는다는 것으로 본다. 그래서 위의 시인이 자신의 생각과 감정을 시의 틀에 맞게 꿰어 놓으려면 기본적으로 시의 틀이 무엇인가를 알아야 하고 또 문장짓기 실력이 있어야 시의 틀에 자신의 생각과 감정을 잘 올려놓을 수 있기 때문이라는 생각에서이다.

글쓴이가 대학시절에서 2년 반 동안(군대에 가기 전까지) 약250권을 책을 읽었는데 이때 대체로 논문형의 책인 사회과학서적을 읽어서 논문형의 글에 대한 짜임새를 다른 사람에게는 설명할 수 없었지만 글쓴이 나름대로는 논문형의 글에 대한 짜임새에 대하여 손바닥 보듯 환하게 알고 있었고 책을 읽는 과정에서 책 속의 일정한 문구와 낱말들을 독서공책에 적어두고 외우는 과정에서 문장짓기 실력이 뛰어나게 되었다고 생각한다.

다음은 어느 두 기성작가가 어린 시절에 소설을 많이 읽었다는 것을 살펴보자!

소설가가 되기 전에 글쓴이가 욕심 많은 소설 독자였다. 독자였을 때, 글쓴이가 이광수의 여러 소설에서부터 삼국지, 그리고 국내 작가들의 장·단편들과 도스토예프스키·발자크·막심고리끼·까뮈·카프카·죤스타인백 등의 소설들에 이르기까지 닥치는 대로 읽었다.
(가져온 곳 : 문순태, 창작이란 무엇인가, 정민출판사, 1994년, 76～77쪽.)

글쓴이가 중학교 때 내 또래의 아이들에 비해 비교적 많은 책을 읽었다고 생각한다. 삼국지, 서유기, 도스토예프스키, 톨스토이, 투르게네프, 앙드레말로 등의 소설도 대부분 읽었지만 나를 유독 사로잡은 것은 모리스 루부랑과 코난도일의 소설이었다.
(가져온 곳 : 전상국, 창작이란 무엇인가, 정민출판사, 1994년, 51～52쪽.)

위의 두 기성작가는 어린 시절에 소설을 많이 읽은 것으로 말미암아 이 작가들은 소설의 짜임새가 무엇인가에 대하여 알게 되었을 것이며 아울러 문장짓기 실력도 뛰어나게 되어서 소설의 짜임새를 아는 것과 스스로의 문장짓기 실력을 결합시킨 것(기성작가가 지은 소설)이 남들에게 인정을 받아서 소설가로 성장하였다고 본다.

여기서 잠깐 글쓴이가 자유의 미학이란 논문을 쓴 경험을 시인이 말하는 종합한다는 것과 묶어서 말하고자 한다.

글쓴이가 자유의 미학을 쓰면서 '파지'가 많이 생겼다.

그 까닭은 자유의 미학에 대하여 일정한 분량의 글을 써 놓고서 무엇이 잘못 되었나 하고 읽어보면 각종의 사회과학서적을 읽을 때처럼 글쓴이가 쓴 글이 흘러가지 않고 글의 흐름이 매끄럽지 못한 것('이게 아니 야!' 하는 느낌)을 찾아내게 되어 이것을 다시 매끄럽게 하려고 써 놓은 글을 고치는 일이 너무 많이 일어났기 때문이다.

글쓴이가 주로 논문형의 글인 사회과학서적을 읽었기에 논문의 글이 어떻게 흘러가는지를 다른 사람에게 설명은 할 수 없었으나 '나만의 느낌으로 나 혼자만 구체적(?)으로 알고 있었기에' 매끄럽지 못한 글을 고치고 읽어보고 고치는 과정을 많이 하고서야 글을 나름대로 마무리했는데 글쓴이가 쓴 글을 고치는 일을 되풀이하는 일이 시인이 말하는 종합화와 거의 같다고 생각한다.

4.

끝으로 거의 모든 글에서 보이는 문장은 네 가지로 나누어 볼 수 있다는 것과 글짓기를 잘 할 수 있는 방법을 나름대로 말하며 '글짓기교실 2'를 마무리 하고자 한다.

먼저 네 가지 형태의 문장짓기에 대하여 이야기를 한다.

거의 모든 글에서 나타나는 문장들은 네 가지 형태라고 생각한다.

첫째로 '단순히 사실을 전달하는 평범한 문장'으로 대체로 어린이 일기에서 "나는 7시에 일어나서 이를 닦고 아침을 7시 30분에 먹는다."이라는 말을 많이 볼 수 있는데 이런 문장이나 "소설가가 되기 전에 글쓴이가 욕심이 많은 소설 독자였다.(앞에서 인용한 기성작가의 말)"라는 것과 같이 그야말로 '누구나 쓸 수 있고 누구나 이해할 수 있는 문장'을 말하는 것이다.

둘째로 '낱말 같은 문장'으로 "분석의 단순화를 위하여(글쓴이가 쓴 논문인 자유의 미학에서 활용한 문구임)"이나 "내 마음은 호수요", "얇은 사 고이 접어 나빌레라(조지훈의 승무라는 시에서)", "천리 길도 한 걸음부터(우리 나라 속담)"과 같이 특정한 문장(구)으로 이러한 문장은 낱말처럼 외운 상태에서 글을 쓰는 사람이 상황에 맞게 활용하는 문장(구)이다.

셋째로 일정한 생각이나 느낌과 감정을 글을 쓰는 사람이 나름대로 머리를 짜내어 표현한 문장으로 그 보기로 '가치관'이란 낱말 뜻을 글쓴이가 쓴 어떤 글에서 아래와 같이 표현해 보았는데 이러한 문장은 글을 쓰는 사람이 스스로의 머리를 죄어 짜내어 만들어내는 것으로 남이 보기에는 앞의 첫 번째에서 말한 '단순히 사실을 전달하는 평범한 문장'으로 보이나 이 문장을 만든 사람의 입장에서는 나름대로 많이 애써서 지어놓은 문장이며 이러한 문장을 잘 지어내면 글짓기를 잘 할 수 있는 기초가 확립된 상태이라고 생각하며 이 세 번째의 문장형을 잘 지어내는 사람은 글쓴이가 말하는 문장짓기 실력이 뛰어난 사람으로 문장짓기 실력에 대하여는 산을 내려가도 된다고 생각한다.

둘째에서 말하는 '낱말 같은 문장(구)들'도 처음에는 셋째에서 말하는 문장(구)들이었다고 글쓴이는 생각하며 이 문장(구)들이 여러 사람의 입에서 오르내리다 보니까 '낱말 같은 문장'으로 승화(?)된 것이라고 생각한다.

넷째로 '암호와 같은 문장'이다.

여기서 암호와 같은 문장이란 문장을 써놓은 사람은 그 문장에 무슨 뜻이 담겨 있는지를 알고 있지만 그 문장을 읽는 남들은 그 뜻을 알 수 없거나 문장을 써놓은 사람의 뜻이 또렷하게 남들에게 전달되지 못하는 문장을 말하는 것으로 한다.

이 암호와 같은 문장은 '글짓기를 잘하는 사람'도 스스로의 뜻과 다르게 스스로도 모르게 써놓은 경우가 있고 대체로 글짓기를 잘 못하는 사람이 쓰는 경우가 많다고 생각하며 글짓기를 잘못하는 사람이 암호와 같은 문장을 만들어내는 까닭은 일정한 문장에서 뜻이 뚜렷하지 못한 상태로 낱말을 사용하는 경우이거나 글의 흐름과 다르게 논리적으로 맞지 않는 명제적 문장을 잘못 활용하는 경우로 이에 대하여 자세한 것은 '고등부 수필'에 대한 첨삭설명과 '중등부의 논술'에 대하여 첨삭설명을 하면서 구체적으로 살펴보기로 하고 여기서는 다음의 인용문을 통해서 사람들은 글을 쓰면서 암호와 같은 문장을 스스로도 모르는 사이에 쓰는 경우가 있다는 것을 느껴보기만 한다.

지난 1년 간 시카고대학 초빙교수로 머물면서, 글쓴이가 1판을 꼼꼼히 읽어보면서, 나의 문장력에 부끄러움을 느끼지 않을 수 없었다. 어떤 경우에는 한국어로 쓴 글에 영어식 표현이 베어 있다는 것을, <u>어떤 경우에는 전하고자 하는 뜻이 명확하게 드러나지 않은 문장들을 발견하였다.</u> 거의 다시 손을 대지 않은 문장이 없을 정도로 가다듬고, 더 보완이 필요한 곳에는 새로운 내용을 삽입하였다.

(김용학 지음, 사회구조와 행위, 사회비평사, 1996, 6쪽)

위의 단락에서 밑줄 친 '어떤 경우에는 전하고자 하는 뜻이 명확하게 드러나 않은 문장'이란 표현은 김용학 님이 자신의 글에서 글쓴이가 말하는 암호와 같은 문장이 있다는 것을 간접적으로 말하는 것으로 풀이할 수 있다고 보는데 아무튼 구체적인 것은 바로 앞에서 말한 대로 뒤에서 구체적으로 살펴보기로 한다.

지금까지
네 가지 유형의 문장에 대하여 말했는데
'꼭 그러한 것은 아니지만'
중고등학생과 대학일반의 사람들 가운데
글짓기를 '잘 못하는 사람들이' 쓴 글을 보면
대체로 첫째 유형의 문장들로 글이 이루어지며
셋째에서 말하는 문장은 잘 보이지 않고
암호와 같은 문장이 한 두 개가 꼭 있다고 생각한다.
글짓기를 '좀 하는 사람들이' 쓴 글에서는
첫째와 둘째와 셋째의 유형의 문장들이
서로 어울려진 모습이 보이며
넷째 유형의 문장이 잘 보이지 않다고 생각한다.

이제는 글짓기나 논술을 못하는 사람이 있다면 그 사람이 글짓기나 논술을 잘 하는 방법에 대하여 말하고자 한다.

첫째로 글(책)을 많이 읽어야 한다.

둘째로 글(책이나 신문의 글)을 읽으면서 마음에 드는 문구나 낱말이 있으면 그것을 독서공책에 적어두고 이것을 되풀이하여 읽다 보면 외워지고 이것은 뒤에 스스로의 문장짓기 실력으로 이어지게 된다고 생각하는 것이 글쓴이가 한 경험이고 이 경험의 진실은 앞에서 살펴본 기성작가의 말을 바탕으로 보면 거의 사실로 증명되었다고 생각한다.

셋째로 '둘째의 일'은 글쓴이의 경험에 비추어 볼 때 대략 독서공책의 '25쪽(시간으로는 3개월에서 6개월 정도)'을 앞뒤로 하여 자신의 문장짓기 실력이 상당히 갖추어질 것으로 생각한다.

넷째로 앞의 세 가지를 정말로 정성껏 했다면 한 편의 수필이나 논술적인 글을 직접 써서 이것을 다듬고 다듬고 해서 이 글이 80점 이상이 되게 하든지 아니면 여러 편의 글을 쓰다가 어느 순간에 80점 이상의 글이 되게 하는 방법 가운데 스스로의 마음에 드는 어느 한 방법을 골라서 실천해야 봐야 한다고 생각한다.

글쓴이의 경우에는 '자유의 미학'을 가지고 고치고 또 고치는 일을 되풀이하여 모교의 대학신문에 실린 것을 가지고 보면 자유의 미학은 내용으로는 80점을 얻었다고 생각하는데 군말이 좀 있어서 이 부분은 형식에서는 80점을 얻지 못했다고 생각한다.

아울러 글쓴이는 한글학회에서 펴내는 '한글새소식(2001~2002년 사이에)'에 네 편의 글이 실린 경험도 있는데 한글새소식에 실린 글은 내용과 형식에서 80점 이상의 점수를 얻은 글이라고 생각해 본다.

다섯 째로 넷째의 관문을 통과하면 이제부터는 누구나 '글쟁이'의 수준으로 글짓기를 하는 것으로 생각하는데 넷째의 관문이 어렵다고 보고 이 관문을 쉽게 통과하는 방법에 대하여서는 다음의 『글짓기 교실 3(엮어내기)』에서 살펴보기로 하고 '글짓기 교실 2'는 여기서 맺는다.

3. 엮어내기

1. 문장짓기
2. 주변지식
3. 엮어내기

　글짓기의 두 요소는 문장짓기, 엮어내기(문장잇기)이지만 글에 살을 붙이려면 글의 주제와 관계된 주변지식이 있어야 한다. 그래서 글짓기의 3요소는 문장짓기와 엮어내기, 주변지식이라고 할 수 있고 글짓기 3요소 가운데 문장짓기는 글짓기 교실 1과 2에서 자세히 설명을 했기에 여기서는 주변지식과 엮어내기에 대하여 이야기를 하고자 한다.

　우리의 일상생활에서 글의 주제가 되는 '울타리'를 정치 경제 사회 문화 전반에 걸친 것이라고 할 때 이러한 주제와 관계된 주변지식의 울타리도 정치 경제 사회 문화 전반에 걸친 지식을 주변지식이라고 해야 할 것이다.

　글의 주제와 글의 주제와 관계된 주변지식의 울타리를 위와 같다고 하면 어떤 사람이 글을 쓰기 위한 기초여건으로 위와 같은 틀의 주변지식을 갖고 있어야 한다.

　정치, 경제, 사회, 문화 전반에 걸친 지식이 주변지식의 울타리로 너무나 넓어 보이지만 우리 나라속담, 세계속담, 명심보감, 탈무드 정도의 내용과 고등학교까지 배우고 익힌 지식이 글을 쓰려는 사람의 머리 속에 들어 있으면 여기서 말하는 일정한 글의 주제를 '엮어낼' 수 있는 주변지식으로 넉넉하다고는 할 수 없어도 그렇게 모자라는 것은 아니라고 보며 다른 할 말이 있으면 이때 우리 속담에 있는 "구슬이 서말이라도 꿰어야 보배이다."라는 말을 새겨보아야 할 것으로 생각한다.

글쓴이는 우리 나라 속담을 주변지식으로 하여 '국가의 가치관과 국민의 가치관'이란 '글이름'으로 글을 써서 '누리그물'('인테넷'을 우리말로 '누리그물'이라고 많은 사람들이 쓰고 있음)의 여러 게시판에 올린 적이 있는데 이 글을 내보이고자 한다.

이러한 글을 내 보이는 것은 "구슬이 서말이라도 꿰어야 보배이다."라는 말처럼 정말로 글을 쓸 때 주변지식이 많아야 글을 잘 쓰는 것은 아니라고 생각하기 때문이다.

국가의 가치관과 국민의 가치관

1. 가치관이란
   보이는(구체적) 개념의 언어와
   보이지 않는(추상적) 개념의 언어를 가지고
   나름대로 체계적으로 내면화하여
   삶을 살아가는 방식이라고 생각하는데
   그 보기로
   어떤 사람은
   돈, 무질서, 허영,
   거꾸로 가도 서울만 가면 된다, 들들의 개념으로
   일정한 가치관을 형성할 수도 있고
   또 어떤 사람은
   안분지족, 돈, 비디오,
   컴퓨터, 무아지경, 들들의 개념으로
   다른 일정한 가치관을 형성할 수도 있다고 생각한다.

2. 국가(정부)의 가치관은
   "고려 공사 삼일"을 축으로 하여
   가치관이 형성되어 있고
   여기에 "엿장수 마음대로"와 "고무줄 잣대"가 첨가되어 있다고 본다.

3. 국민(개인)의 가치관은
   "사촌이 땅을 사면 배가 아프다"를
   축으로 하여 가치관이 형성되어 있다고 본다.
   왜!
   사촌이 땅을 사면 배가 아플까?
   까닭은 "고려 공사 삼일"의 결과로
   "고무줄 잣대"의 장단에
   국민이 그 장단을 맞춘다는 것은 하늘의 별따기이다.
   그러니
   사촌이 땅을 사게 된 것은
   무슨 일정한 잣대로 된 것이 아니라
   무슨 복권 당첨되는 것처럼
   그 날의 운수에 따른 것이기에
   사촌이 땅을 사면 배가 아픈 것으로 판단하고
   이러한 것의 파생적 효과로
   "못 먹는 감 찔러나 본다"는 속담이 탄생되었다고 본다.

4. 2.와 3.을 수렴하는 속담이
   "윗물이 맑아야 아랫물이 맑다"이라는 속담이 있는데
   아무튼
   2.와 3.을 통하여
   대한민국에서는
   고려시대부터 현재까지
   정통논리학이 비주류이고
   궤변논리학(아부논리학=부패논리학)이
   주류를 형성하고 있다고

대체로 글짓기(시, 소설, 희곡, 논문, 논술 등)를 할 때
글짓기하는 사람이
일정한 주제와 관계된
주변지식을 활용하는 방식은 세 가지가 있다고 본다.
 한 가지는
주변지식이 인용문의 형태로 활용되고,
다른 한 가지는
주변지식이 글을 쓰는 사람의 지식으로 농축되어
직접이 아닌 간접적으로 활용되는 것이고,
또 다른 한 가지는
위의 두 가지가 섞어진
형태로 주변지식이 활용되는 것을 생각할 수 있다고 본다.

주변지식이 활용되는 세 가지의 유형의 글의 보기는 편의상 글쓴이가 누리그물의 게시판에 올렸던 글을 가지고 설명하고자 한다. 그 까닭은 다른 사람이 쓴 글은 글쓴이가 쓴 글같이 짧은 글을 찾기가 힘들어서 '보기글'로 할 수 없기 때문이고 한편으로는 다른 사람이 쓴 긴 글을 찾았다고 해도 다른 사람이 쓴 글을 설명해 놓으려면 글쓴이로서는 어렵고, '읽는이(독자)'로서는 내용이 길어서 지루함을 느낄 수 있기 때문이다.

먼저 주변지식이 인용문식으로 활용되는 것을 설명하고자 한다.
아래에서 보이는 '용자와 미인'이란 글은 '용자만이 미인을 얻는다'는 말을 글쓴이가 어느 날 새삼스럽게 읊조리다가 문득 '논문형의

시'를 쓰고 싶은 느낌이 들어 재미로 글을 쓴다고 써보았는데 써놓고 읽어보니 글쓴이가 느끼기에 전형적인 논문형식의 글이 되었다고 생각되어 이 글을 보기로 들어서 설명하고자 한다.

용자와 미인

용자만이 미인을 얻는다고 한다
용자와 미인에 대하여
사랑의 분석도구를
사용하여 미학적으로 접근하고자 한다

용자란 … 라고 하는데
역사상 인물 가운데 … 들을 볼 때
이 인물들의 공통점은 … 이며
이 공통점은
용자의 개념인 무지개 빛깔과 일치하고 있다
그리고
이 인물들이 부인들은
문헌상에서와 같이 미인으로 알려지고 있다

일반적으로
여자란 … 라 하고
미인은 … 라고 일컬어지고 있다
이것은
여성이란 속성이전에
일반 여자와 미인의 차이점이 … 라는 것으로
미인은 노을의 빛깔을 간직하고 있다는 것이다
지금까지
살펴본 것처럼 본론을 종합하면
용자만이 미인을 얻는다는 사실이 검증된 것이다

위의 글에서
"용자만이 미인을 얻는다"라는 말은
글쓴이가 아닌 다른 사람이 말한 것이니까
글쓴이의 입장에서는 주변지식이고
용자, 미인, 일반여자의 각 개념은
위의 글에서 '주변지식의 형식'으로 활용되고 있다.
용자와 미인 여자란 낱말뜻을
인용하는 식으로 했기 때문에
용자와 미인 여자란 낱말은
주변지식의 형식으로 활용되는 것이라고 말한 것이다.

용자의 개념과 역사상의 인물들을 '엮어서(엮어내기)' 무지개 빛깔이란 것을 이끌어 냈고 일반여자와 미인을 '엮어서' 노을의 빛깔이란 것을 이끌어 냈다.

그리고 무지개 빛깔과 노을의 빛깔을 '엮어서' 노을의 빛깔은 무지개 빛깔에 의해서만 어울리기에 용자만이 미인을 얻는다는 것은 당연한 논리라고 주장하는 것이 위의 '용자와 미인'의 내용이다.

글쓴이는 글짓기의 세 가지 가운데
주변지식과 '엮어내기'에 대하여 설명하고 있는데

엮어내기란 다름이 아니라 위에서 말하는
‘엮어서’와 ‘이끌어내기’까지 말하는 것이며
이러한 엮어내기는
대체로
상황과 상황을 엮는 경우와
개념과 개념을 엮는 경우 그리고
상황과 개념을 엮는 세 가지를
생각할 수 있다고 보는데
(자세한 것은 고등부 논술에서 살펴보기로 함)
글을 쓰는 사람은 일정한 주제와
이 주제와 관계된 주변지식을 잘 엮어서
글을 전개하는 과정에서
일정한 주제를 뒷받침할 수 있는
그 무엇을 이끌어내어
일정한 주제를 나름대로 주장하는 것이
모든 글의 핵심이 되고
그 이끌어낸 것에 대하여
사람들이 어느 정도 공감을 하느냐에 따라서
글이 잘 된 글인가, 잘 못 된 글인가 된다고 본다.

다음에 내보이는
‘논어와 현실의 상황분석’이란 글은
앞에서 말한 두 번째 형식의 글로서
무슨 글을 쓸 때
특정한 내용을 인용하지 않고
글을 쓰는 사람이

공부하며 배우고 익힌 지식을
스스로의 머리에
나름대로 소화된 상태의 지식으로 저장된 것을
필요에 따라 머리에서 꺼내어 글을 쓰는 경우의 글이라고 생각한다.

아래의 것이 그러한 보기라고 생각하고
아래의 글을 쓰게 된 까닭은
1995년도에
어느 사람이 누리그물의 어느 게시판에
논어에 있는 말은 다 좋다는 투로
논어에 있는 내용을 올리는 것을 보고
이것이 못마땅해서
이에 대하여 나름대로 이에 대하여 반론하는 글이다.

논어(이론)와 현실의 상황분석 !

논어에 있는 말은 대체로
무엇이 이렇게, 저렇게 되어야 하지 않겠느냐 하는
당위적인 말, 즉 이론(규범)과 같은 것을 적어 놓은 것이다
이론은 일종의 규범과도 같다고 본다
이렇게 하라, 저렇게 하라고 하는
규범은 일종의 자유를 구속하는 것이다
그러나
규범이 사회에서 실천되지 않으면
일정한 사회는
혼란이 일어나 사회에서는 평화를 찾을 수 없게 된다
사회의 평화도 좋지만
규범을 되도록 실천하고 싶지 않은 것이

사람의 심리이지만
벌을 받지 않기 위해서 할 수 없이 사람들은 실천한다
이론이 규범과도 유사한 측면이 있지만
이론은 규범과 달리 어떤 구속력이 없다
그래서
특정한 이론을 실천하라고
비판하는 사람은 대체로
이론실천의 당위성을 위해서
어떤 객관적 자료를 첨부해서 이론실천을 주장하고 있다.
어떤 객관적 자료의 뒤받침 없이
특정한 이론의 실천을 설파하는 것은
현실과 이론의 상관 관계적인 논리를 모르기 때문이라고 본다. 1995.

위의 글은
논문형의 글에서 자주 볼 수 있는 인용문이 없이
사회질서, 평화, 벌받기, 자유, 구속력들의 낱말들을 가지고
괜히 논어에 이러저러한 말이 있으니
어린 중생들은 논어에 있는 말을 실천하라고 소리치는 것은
현실과 이론의 상관 관계을 모르기 때문이라는 것을 말하는 것이다.

위의 '논어와 현실의 상황분석'이란 글에서
주변지식은
"사회의 질서유지를 위해서
개인의 자유를 일정한 규범으로 어느 정도 구속하여야 하고
이를 어겼을 때는 벌을 주어서 사회의 평화를 유지해야 한다."는
개념이라고 본다.
글쓴이가 바로 위에서 말하는 주변지식은
글쓴이가 초중고시절에 공부하면서 배운 지식이

글쓴이의 머리에서 나름대로
소화된 상태의 지식으로 저장되어 있었던 것을
꺼내어서
글쓴이가 글쓴이의 '문장짓기 실력'으로
평화, 규범, 자유, 질서들의 낱말이
들어있는 문장을 지어서
'논어(이론)와 현실의 상황분석!'란 글을 지어 놓은 것이다.

이제는 마지막으로 위에서 보기로 든 두 글의 형식이 섞어진 글의 보기를 살펴보자.

아래의 글은 '98년 프랑스 월드컵축구대회'의 국가대표감독이었던 차범근 감독에 대하여 비판한 것으로 이와 같은 내용으로 누리그물에 여러 번 올렸고 올리면서 보니까 글쓴이와 비슷하게 차 감독을 비판하는 글이 올라 온 것을 보고 다른 사람이 쓴 글을 참고하여 논문형으로 글을 쓴 것이라는 말을 한다.

한국축구 16강 진출 절대 불가능함!!

1. 기술의 정의
2. 축구기술의 정의
3. 차범근은 전문가 바보!!
4. 차범근에 대한 비판자료 모음!!
5. 한국축구 16강 진출은 절대 불가능함!!

1. 일반적으로 기술이란
   같은 동작을 반복된 훈련을 통해서
   숙달된 조교처럼 능숙하게 처리하는 상태를 말한다고 본다.

2. 축구는 11명이
   자신의 위치에 따른 위치적 행동을
   숙달된 조교처럼
   이를테면 펠레처럼 축구를 하도록
   감독은 선수들을 다독거려야 하는 것은 당연하다.
3. 차범근님은
   앞에서 말하는 1.과 2.에 대하여 알고 있는가.
   결론으로 차범근님은
   1.과 2.에 대하여 모르고 있고
   그래서
   한국축구 16강 진출은 절대로 불가능하다고 본다.

4. 3.의 주장에 대한 증거로는
   여기 게시판(글쓴이가 통신하는 게시판)에서 제기한
   차범근님에 대한 비판을 제시한다.
   '#17908 서진우(palangrp)'의 차 감독에 대한 비판!
   1) 차범근님 같은 고집불통은 첨 본다!!!
      본선진출 32개국 중에
      아직까지 선수들의 포지션이
      정해지지 않은 팀은 단연코 우리뿐이다.
   2) 객관적으로 실력이 떨어지는
      우리인만큼 포지션 전문화를
      시켜서 눈감고도 패스 연결할 수 있는 조직력을 키워야지.
      글쓴이가 바보인가?
      비전문가인 글쓴이가 잘못 생각 할 수도 있겠으나 천만에!!!!
      차범근님은
      자기 고집과 아집으로 뭉친 고집불통의 사람임에 틀림없다.
   3) 차범근님이여!! 먼저 인간이 되어라.
      그렇게 축구관계자들의 조언을 듣지 않고
      독불장군으로 운영하니
      16강을 원하는 이 많은 사람의 원망을 다 어떻게 들으려고..

(참고로 3월 1일 일본전에 패하지 않았으면

절대로 차감독은

황선홍을 대표팀에 불러들이지 않을 사람이라고

글쓴이가 차감독을 그런 사람이라고 판단합니다.)

'#17847 윤효진 (hyojean)'의 차감독에 대한 비판!!

  1) 우리는 16강 진출 못한다.

    오늘 보고

    또 느낀점이지만 너무 병신같이 플레이한다.

  2) 수비는 왕불안…이상헌

    그렇게 월드컵에서 하다간 절대 퇴장이다.

    홍명보도 썩 좋아보이진 않다.

    패스도 잘 안들어가고 시야도 좁아진 느낌.

    믿을 사람은 용수 도근 선홍 상윤 정도..

    고종수는 애들 사이에서 통하는

    별명처럼 망난이처럼 깝죽대고.

  3) 암튼 1쿠2패로 탈락 할 것 같다.

    차감독 선수를 잘못뽑았다

5. '#17908 서진우(palangrp)'님은

  이론적으로 차감독을

  비판하는 것이고

  '#17847 윤효진 (hyojean)'님은

  차범근 감독을

  현실적으로 비판하는 것이라고 판단하며

  이론과 현실의 양쪽에서 비판받는 것을 볼 때

  우리 나라가 16강 진출을 하는 것은 불가능하다고 주장한다.

1998. 6. 15.

위의 글에서

1.과 2.는 기술이란 것에 대하여 이런 것이라고 글쓴이가 공부하는 과정에서 알게 된 것을 나름대로 소화하고 응용하여 글쓴이의 문

장짓기 실력으로 '기술'이란 이런 것이라고 말했다고 글쓴이 스스로 생각해서 1.과 2.의 내용은 주변지식에 글쓴이에게 지식으로 농축되어 활용된 것이라고 생각한다.

4.의 내용은 보시다시피 일정한 내용을 인용했으니까 주변지식이 인용문 형식으로 활용된 것이라고 생각한다.

그래서 '한국축구 16강 진출 절대 불가능함!!'이란 글은 주변지식이 인용문식으로 인용되는 것과 주변지식이 글쓴이의 머리 농축되어 저장되었던 것을 글쓴이가 꺼내어 활용하는 것이 겹쳐진 글의 보기라고 생각한다.

이것으로 '글짓기교실 3'은 여기서 마치고 '글짓기 교실 4'로 넘어간다.

4. 독서경험

글쓴이는

어떤 책에서

기성작가들이 습작과 관련하여 이야기하는 것과

또 습작시절에 했었던 독서경험이야기를 읽었다.

그 이야기 가운데에서

글쓴이가 글짓기의 두 요소로 말하는

문장짓기와 엮어내기와 관계된다고 여겨지는 이야기를 옮겨놓는다.

먼저

문장짓기와 관계된다고 생각되는

독서경험이야기로 소설가인 최일남이 한 것을 옮겨놓고자 한다.

처음에 제(소설가인 '최일남'님임)가 소설공부를 할 때는 우리 선배작가들 중에서 특히 채만식 선생의 소설을 참 좋아했습니다. 채만식 선생은 아시다시피 해학 쪽으로 치중했는데 '탁류'의 첫머리 같은 것은 교과서에도 나오고 했습니다. 그밖에도 몇몇 선배들의 문장을 재미있다 생각되면 공책에 막 베끼고 외다시피 했습니다.

……줄임……

소설은 소재·구성·주제 등의 기본적인 요소가 있지만, 궁극적으로 문장 곧 문체가 독자를 사로잡고 좌우하고 그 작가를 특징짓는 귀중한 요소라 생각하고 지금도 문체에 대해서는 부단히 노력을 합니다.

(가져온 곳 : 최일남, 창작이란 무엇인가, 정민출판사, 1994년, 356쪽.)

위의 단락에서 밑줄을 친 부분은 글쓴이가 말하는 문장짓기와 관계가 된다고 생각하며 소설가인 최 일남 님이 선배들의 문장을 외웠다는 사실은 글쓴이가 말하는 문장짓기의 실력을 최일남님이 쌓으려고 애쓰고 있는 것이라고 글쓴이는 풀이한다.

이제는
글쓴이가 말하는
엮어내기와 관계되는 독서경험이야기로
시인인 황지우님이 습작시절의 이야기를 살펴보자.

    대학에 들어와서 이성복, 김석희 등과 문학회한다고 하면서 김수영의 '달나라의 장난'을 필사본으로 돌려 읽어보기도 하였고, 정현종의 '사물의 꿈', 황동규를 기쁜 마음으로 읽었다. <u>이들은 눈앞에 있는 것을 '빼따하게' 돌려보는, 혹은 뒤집어보는 안목을 나에게 주었다.</u> 그러나 지금 돌이켜보아 내 타고난 정서와 찰싹 들어 맞았던 시인의 시는 그 시절의 고은의 시들이었다. 그러나 무엇보다도 이들과 그 시를 읽는 나를 둘러싸고 있는 현실-박정희로 표상되는 절대권력의 악마성에 의해 꼼짝달싹할 수 없게 주문(呪文)이 걸려 있는 현실이야말로 <u>내 습작시절</u>에 있어서 시적 교과서였다.
    ……줄임……
    그러나 글쓴이가 별을 보지 않고 별과 별 사이를 보았다. 이전에 어디선가 한번 말한 바 있지만, 글쓴이가 시를 추구하지 않고 '시적인 것'을 추구한다는 것이 그 말이다. 바꿔 말해서 글쓴이가 추구한 것은 사이비 시였다. <u>그 결과 뜻밖에도 '형태파괴', '해체시'라는 딱지가 거기에 붙어버렸다.</u>
    (가져온 곳 : 황지우, 창작이란 무엇인가, 정민출판사, 1994년, 296쪽.)

위의 단락에서 밑줄 친
첫 번째에서 보이는 '안목'과
세 번째에서 보이는 '형태파괴'와 '해체시'라는 것은

글쓴이가 말하는 엮어내기와 관계가 있다고 생각하며
위의 단락은
기성작가가 엮어내기를 위해서
나름대로 노력을 많이 했다는 증거이라고 생각한다.

시인인 김남주님은
위에서 살펴본 최일남님이나
황지우님과 다르게
"나에게 습작시절이란 게 없었다"는 말과
"창작기량을 향상시킨다고
글쓴이가
문장론이라든가 수사학이라든가
문예이론서적 따위를 일부러 읽은 적은 없다."라는 말을 하는데
다음을 살펴보자!

나에게는 이른바 습작시절이란 게 없었다. 심심파적으로 '창작과 비평'
에 실린 시를 읽는 것이 고작이었고 거기에 실린 시 같으면 나라도 쓰겠
다는 생각을 하게 되었는데, 그런 생각이 나로 하여금 감히 시라는 것을
처음 써보도록 한 계기를 마련해준 것 같다.
(가져온 곳 : 김남주, 창작이란 무엇인가, 정민출판사, 1994년, 276쪽.)

창작기량을 향상시킨다고 글쓴이가 문장론이라든가 수사학이라든가 문
예이론서적 따위를 일부러 읽은 적은 없다. 멸시적으로 정평이 나 있는
고전을 읽음으로써 시작의 도움 같은 것을 얻곤 한다. 그리고 글쓴이가
표현능력, 기발한 발상법, 완벽한 형식 따위가 뛰어난 문학작품을 생산해
내는 기본적인 요인이라든가 시적 재능이라고 생각하지 않는다. 위대한
작품을 창조해내는 유일한 길은 위대한 삶인 것이다.
(가져온 곳 : 김남주, 창작이란 무엇인가, 정민출판사, 1994년, 275쪽.)

위의 첫째 단락의 내용 가운데

"나에게는 이른바 습작시절이란 게 없었다."라고

시인인 김남주님이 말할 수 있는 까닭은

'창작과비평'에 실린 정도의 시를 쓰기 전에

김남주님이

최일남님과 황지우님과 같거나 비슷한 방법으로 했든

아니면 다른 방법으로 했든지 간에

김남주님에게는

글쓴이가 말하는

문장짓기 실력과

엮어내기 실력이 일정수준에 올라온 상태였고

이 상태에서

'창작과비평'에 실린 정도의 시를 쓸 수 있기에

김남주님이

"나에게는 이른바 습작 시절이란 게 없었다."를 할 수 있다고 생

각한다.

그리고

두 번째의 단락에서

김남주님이

"창작기량을 향상시킨다고 글쓴이가 문장론이라든가…"라고도

말할 수 있는 것은

김남주님이

창작과비평에 실릴 수 있는 정도의 글을 쓰는 상황에서

'정말로 굳이'

김남주님의 입장에서

창작기량을 향상시키려고

문장론이나 수사학이나
문예이론 서적을 일부러 읽을 필요가 없을 것이라고 생각한다.

글짓기 교실 5에서는
이제까지 이야기한
최일남님과 황지우님 그리고
김남주님에 대한 이야기가
글쓴이가 말하는 글짓기의 세 요소와
관계가 있다는 것을 말하고자 하는 것이라서 여기서 글을 맺는다.

5. 습작을 위하여

글쓴이가 <글짓기 교실 1>에서 글은 문장짓기로 시작하여 문장잇기(엮어내기)로 완결되는 것으로 깔아놓고 글짓기의 기초는 문장짓기로 이 기능(기술)을 익히는 것이 글짓기를 잘 할 수 있는 길이라고 했다.

문장짓기를 하는 기술이 숙달되면 문장잇기(엮어내기)라고 할 수 있는 '습작'을 통해서 글짓기의 수준을 향상시켜야 할 것으로 생각하여 습작과 관련한 몇 자를 적고자 한다.

글쓴이가 어느 텔레비젼 프로에서 가수인 강수지씨를 모시고 이 프로의 사회자가 강수지씨에게 한 가지 질문을 한 것을 기억하고 있다.

강수지씨는 가수로서 작사도 하는데 작사는 어떤 식으로 합니까 하고 사회자가 물으니까 강수지씨는 작사할 소재가 떠오르면 이와 관계되는 내용을 생각나는 대로 일단 '모두 적어 놓고(글의 주제와 관계된 것으로 머릿속에 있는 주변지식을 *끄집어내고*—글쓴이가 풀이한 것)' 적어 놓은 것을 다시 읽으면서 첨삭을 해서 노랫말을 완성시킨다고 했다.

글(글짓기)을 쓰는 사람도 기본적으로 강수지씨가 노랫말을 만드는 과정과 비슷한 과정을 거쳐서 글을 완성시킬 것으로 생각한다.

흔히 어떤 작가는 일정한 소재를 찾고자 여행을 다닌다고도 하고 또 어떤 텔레비젼의 프로는 더 이상의 소재 빈곤으로 막을 내린다는 말을 한다. 이 때의 소재는 무슨 뜻인가?

재료는 글에 사용되는 제재 또는 화제이며, 주제를 살리기 위한

<애깃거리>이다.7)

　　글(글짓기)을 쓰려는 사람에게 어떤 소재가 생기면 이 소재를 매개로 일정한 글을 쓰는데, 쓴 글을 통해서 그 글을 쓴 사람의 지식수준을 대략적으로 알아볼 수 있다고 생각한다.

　　요즈음(1994년으로 문민정부시절) 공무원이 공인으로서 공무에는 신경쓰지 않고 공금인 세금을 자신의 '공돈'화하는데 많은 노력을 했다는 보도가 언론을 통해서 듣고 있는데, 어떤 언론인이 <세금도둑과 국력>이란 제목으로 무슨 글을 쓴다고 하면 이 언론인은 조세의 목적, 국민소득, 국민복지, 조세제도, 조선시대의 삼정의 문란 들들에 대한 지식(주제와 관련된 주변지식)이 있어야(이 정도 이상의 지식이 있지만 여기서는 이론 전개를 위하여) <세금도둑과 국력>이란 제목으로 글을 잘 쓸 수 있다고 생각하기 때문이다.

　　지금까지의 전개에서 <u>누군가가 써놓은 글이란 일정한 소재와 이와 관계되어 그 누군가가 알고 있거나 알아낸 주변지식을 엮어놓은 것</u>이라고 생각할 수 있다고 본다.

　　글의 의미를 위와 같이 깔아놓고 아울러 소재는 누구에게나 똑같이 주어진다고 하면 왜 학력이 같은데 누구는 글솜씨가 있고 또 누구는 학력이 낮은데도 학력이 높은 사람보다 글솜씨가 뛰어난 것인가 하는 점을 궁금하게 여길 수 있다고 생각한다.

　　<u>이러한 궁금한 것에 답은 앞에서 글쓴이가 말했던 『누군가가 써놓은 글이란 일정한 소재와 이와 관계되어 그 누군가가 알고 있거나 알아낸 주변지식을 엮어놓은 것』란 문장의 「엮어놓은」에서 찾아야 할 것으로 보며 아울러 누군가 글솜씨가 있다는 것은 문장짓기 실력을 바탕으로 해서 일정한 '소재'와 '주변지식'을 '엮어놓는 능력'이 있다는 것으로 풀어 본다.</u>

---

7) 김동리 외 2인 공저, 작문(고등학교용), 노벨문화사, 1988, 22쪽.

글의 종류로 소설, 수필, 시, 논설문, 논문, 일기, 기행문, 들들이 있고 글의 종류는 나름대로 글의 형식이라는 것이 있다.

이를테면 논설문이나 논문의 글을 보면 대체로 서론 부분에서는 <…에 대해서 고찰(언급, 생각)해 보고자 한다>는 문구가 자주 눈에 띄고 본론 부분에서는 <…로 깔아놓고(전제하여) 변수 중에서 …의 변수는 고려의 대상에서 제외하고…>란 문구를 보는 경우가 많고 결론 부분에서는 <지금까지 고찰한 바와 같이 …라고 생각하여 …로 결론을 맺고자 한다>와 비슷한 문구를 볼 수 있다.

그리고 본론의 전개과정에서 무엇이라고 서술하고 <이를테면 … 와 같은 사실로 미루어…>란 문구도 거의 감초(?)라고 본다.

글쓴이가 어떤 사람이 무슨 내용의 논설문이나 논문을 잘 쓰려면 위에서 언급한 문구를 잘 응용해야 다시 말하면 일정한 소재와 자신의 지식을 앞의 문구들에 끼워서 문장짓기를 해야 하는 것으로 생각해서, 글의 서론부분에서는 이런(?) 문장짓기를 하고 본론 부분에서는 저런(?) 문장짓기를 하고 결론 부분에서는 요런(?) 문장짓기를 하면 된다고 생각한다.

이제까지 어떤 사람이 글짓기의 기초인 문장짓기를 숙달된 상태로 할 수 있다고 깔아놓은 상태에서 습작과 관련하여 몇 자를 적었다.

다음을 살펴보자!

글쓰는 데 경험이 많은 사람은 쓰기를 단일한 행위로 해내지 않고 계획 세우기, 조직하기, 주제산출, 재독서, 수정과 교정을 포함한 일련의 조작을 통해 체계적으로 한다. 이들 조작들은 동시에 일어날 수 도 있고 무의식적으로 일어날 수도 있다.[8]

---

8) John Nisbet and Janet Shucksmith 저, 임선하 역, 『학습 전략』, 배영사, 1990, 130쪽.

글쓴이가 글짓기도 일종의 기술이라고 생각하여 나름대로 안다고 생각하는 것을 몇 자 적었는데 뭐니뭐니 해도 글짓기의 기술을 익히는 왕도는 <삼다(많이 읽고 많이 쓰고 많이 생각하고)>라는 것이 아닐까 한다.

삼다 가운데 <읽기>를 많이 하면 좋은 점으로 세 가지를 생각해 본다.

첫째로 책을 많이 읽다보면 자연스럽게 표현읽기를 많이 하게 되고 이것은 문장짓기의 기술을 숙달시키는 계기로 작용한다고 생각한다.

둘째로 책을 많이 읽다 보면 글의 형식(구조)에 익숙해지고 글의 구조에 따른 문장들에 익숙하게 되므로 스스로의 문장짓기 능력과 엮어내기 능력이 향상되어 글을 잘 쓰게 된다고 생각한다.

셋째로 책을 많이 읽다보면 '소재와 지식(주변지식)'을 많이 얻게 될 것이고 이것은 글을 쓰는 데 도움이 되는 것은 당연할 것으로 생각한다.

끝으로 다음을 옮기며 글을 맺고자 한다.

우리가 글을 쓸 때 항상 부딪치는 문제가 둘이 있다. 그것은 '무엇을', '어떻게 쓰느냐'하는 문제이다.

물론, '무엇을'은 글의 주제와 글감에 해당하며 '어떻게 쓰느냐'는 글의 구성을 뜻한다.

일상의 같은 일을 누구는 직업적으로 하는 경우가 있고 그 누구는 비직업적으로 하는 경우가 있다.

노래를 직업으로 하는 가수가 부른 노래를 일반인이 부를 때 가수에 못지 않게 잘 부른다면 그 사람을 보고 노래를 잘 부른다고 할 수 있다.

이것은 그만큼 모방을 잘한 것이 아니겠는가?

마찬가지로 자기가 글을 잘 쓰고 싶으면 잘 쓴 글을 많이 읽고 그대로 원문을 보지 않고 써 보는 일이다. 그래서 자기가 쓴 것과 대조해서 어디가 어떻게 틀렸는지 조사해서 고쳐 보는 수련을 쌓으면, 이것은 매우 힘든 일이나 그 효과는 대단히 크다.

　모방하고 수련하는 동안에 글 솜씨가 늘어가고 자연히 제 글이 나오게 된다.[9] 1994. 12. 16.

---

9) 전용윤 편저, 교양국어(대학용), 국어교재편찬회, 1992, 173쪽.

6. 습작하기

'글짓기 교실 6'에서는 글쓴이에게 무슨 주제로 글을 쓰라는 말이 주어졌을 때 글쓴이가 글을 쓰는 버릇을 말하고자 하는데 여기서는 '저축'이란 글이름으로 글을 쓰라는 일이 글쓴이에게 주어졌다고 하고 글쓴이가 글짓기를 하는 버릇을 말하고자 하며 아래에서 보이는 저축이란 글은 글쓴이가 일부러 쓴 것이다.

글쓴이가 저축이란 글이름으로 글을 쓰기 위해서는 글짓기의 3요소가 어느 정도 갖추어져 있어야 하는데 분석의 단순화를 위해서 글짓기의 3요소 가운데 문장짓기 실력과 엮어내기 실력은 어느 정도 수준으로 글쓴이가 갖추고 있다고 하자! 그러면 글쓴이가 저축이란 글이름으로 글을 쓰기 위해서는 저축과 관계된 글의 주변지식만 어느 정도 갖추고 있으면 된다.

글쓴이가 저축에 대한 글짓기를 해야 하기에 저축과 관계된 주변지식을 글쓴이의 머릿속에서 나름대로 끄집어 내어보니까 "티끌 모아 태산이다."와 "천리길도 한 걸음부터", '돼지저금통', '정기적금', '계'라는 말이 떠오른다. 그리고 글쓴이가 갖추고 있는 엮어내기의 감각으로 여름여행, 아르바이트, 무더위라는 말을 생각해 냈다.

위에서 말한 바와 같이 저축과 관계된 주변지식과 글쓴이의 엮어내기의 실력으로 생각해낸 여름여행, 아르바이트, 무더위라는 것을 묶어서 글쓴이는 나름대로의 문장짓기 실력으로 짤막한 글짓기를 해 보이고자 아래의 글을 썼지만 아래의 글은 실제상황의 이야기가 아니라는 것을 말한다.

저축

　저축이란 말이 나오면 사람들은 으레 <u>티끌모아 태산</u>이라는 우리 속담이 떠오를 것이라고 생각한다.

　현재시간은 2001년 6월 7일이다. 글쓴이가 지난 여름에 ‘소리그림(‘테레비’를 우리말로 글쓴이가 고친 것임)’으로만 사람들이 바닷가에서 물놀이하는 것을 구경하기만 했다. 사정이 있어서 그때는 그렇게 되었다. 그래서 지난 가을에 다가올 여름에는 나도 물놀이하러 가기 위해서 <u>아르바이트</u>를 해야겠다고 마음먹고 지난 10월부터 매형의 건재상에서 건축자재를 트럭에 실어주는 일을 하고 있다.

　건축자재를 트럭에 싣는 일이 겨울에는 추위를 이겨내는 것이었지만 지난 4, 5월부터는 <u>무더위</u>를 가져오는 일로 되어 일을 하고 나면 몸에 땀이 흐른다.

　그러나 지난 여름에 소리그림으로 보았던 바닷가에서 물놀이하는 사람들처럼 올 여름에는 나도 바닷가로 물놀이를 하러 떠날 수 있다고 생각<u>으로 그 날의 즐거움을 상상하며 현재 이 순간에는 어려움을 별로 느끼지 않고</u> 건축자재를 트럭에 싣는 일을 하고 있다.

　6월말이면 건축자재를 싣는 일을 마치고 7월 중순쯤에 여름여행을 떠날 생각이다.

　지난 10월부터 다달이 3~4만원씩 차곡차곡 현재까지 27만원을 <u>돼지저금통</u>이 아니라 책의 책갈피 속에 모아 놓았다. 31만원을 채워서 동해안으로 <u>여름여행</u>을 떠나려고 하고 있다.

　동해에 떠오르는 해를 바라보며 아침을 먹은 다음에 잠깐 거닐다가 아침의 햇살이 나의 살갗에 다가와 더위를 느끼는 순간에는 곧바로 내가 물속으로 뛰어 들어갈 수 있는 그 날을 생각하며 현재는 몸에서 땀이 나는 짜증을 내버려두고 건축자재를 트럭에 실으며 나날을 보내고 있다.

　위에서 밑줄 친 부분은 글쓴이가 저축이란 글이름과 관계된 주변지식으로 늘어놓은 것 가운데 ‘티끌모아 태산’, ‘돼지저금통’이란 말을 활용하였다는 것을 나타내기 위함이고 또 엮어내기의 감각으로 말한 여름여행, 무더위, 아르바이트라는 낱말은 모두 글에서와 같이 활용했다는 것을 말하기 위함이다.

이제까지 무슨 주제나 저축과 같은 글이름으로 글쓴이가 글을 써 놓아야 한다고 했을 때 글쓴이 나름대로 글짓기하는 버릇을 내보였다.

글쓴이는 위의 저축이란 습작과 같은 글을 쓸 때 글짓기의 3요소가 어느 정도 갖춘 상태에서 글을 쓴 것이라고 생각하는데 글짓기를 꽤나 못하는 사람들도 좀 못하는 사람들도 글짓기의 3요소 가운데 주변지식은 그런 대로 갖추어져 있지만 이에 비하여 문장짓기 실력과 엮어내기 실력이 지나치게 낮아서 글짓기를 꽤나 못하거나 좀 못하는 것이라고 생각한다.

글짓기를 꽤나 또는 좀 못하는 사람들도 여유를 갖고 글쓴이가 <글짓기 교실 1, 2, 3>에서 말하는 방법대로 책읽기를 많이 하면 6개월 정도면 문장짓기 실력과 엮어내기 실력의 기초가 다져져서 글짓기를 잘 하게 될 것으로 생각한다.

글쓴이가 <글짓기 교실 1, 2, 3>에서 말하는 방법을 빼놓고 그밖에 다른 방법은 없을까?.

글쓴이가 생각하는 좀 다른 방법은 아래에서 내보이는 '두 일기'에서 찾아야 한다고 생각한다.

초등학생 일기

아침 8시에 아침을 먹었다. 그리고 나서 학교에 9시에 도착했다.

오전 수업을 마시고 점심시간이 되었다. 그래서 점심을 먹는데 짝꿍의 반찬에 '골뱅이'이가 들어 있는 것이 보여 그것을 나도 먹어 보자고 했다. 그런데 그 친구는 안 된다고 했다. 그래도 조금만 먹어 보자고 해도 안 된다고 했다.

그래서 맛이 있어 보이는 골뱅이를 못 먹었고 나는 짝꿍과 다시는 놀지 않기로 다짐하고 집에 왔다. 집에 와서 엄마한테 나도 골뱅이를 점심 반찬으로 해 달라고 했으나 엄마는 골뱅이 비싼 것이라서 못해준다고 했다.

오늘은 기분이 나쁘다. 엄마도 밉고 친구도 밉다.

고등학생 일기

나는 으레 아침을 6시 30분쯤에 먹는다. 오늘도 어머니는 5시 30분에 일어나셔서 아침을 지었다. 아침을 먹고 있는데 오늘 따라 창문사이로 햇살이 들어오는 것을 느끼어 창문 쪽으로 바라보다가 어머니 손등에 있는 물방울에서 무지개 빛깔이 보였다. 그 무지개 빛깔은 순간 나로 하여금 무슨 의욕과 식욕을 느끼게 하여 세 숟가락이나 평소보다 더 밥을 더 먹었다. 밥을 다 먹고나서 어머니로부터 도시락을 건네 받으며 어머니의 눈과 마주쳤다. 어머니의 순가에 잔주름이 보였다.

학교에서 4교시의 수업을 마치고 드디어 점심시간이 되었다. 도시락을 먹으며 옆자리를 보니 짝꿍 녀석은 반찬으로 골뱅이를 먹고 있었다. 골뱅이는 입맛을 돋구는 것이니 나도 한 개라도 먹고 싶다. 그러나 골뱅이는 비싼 것이다. 골뱅이 때문에 아침에 일어나던 식욕이 점심에는 의욕 상실로 바뀌었다.

지금은 집이고 현재시간은 일곱시이다. 누워서 오늘 하루를 생각해 본다. 어머니의 손등 위에 있던 무지개 빛깔과 어머니 눈가의 주름살 그리고 맛나는 그 골뱅이의 삼감함수(?)를 푸는 방법은 없을까? 텔레비전 연속극의 주인공처럼 소설의 주인공처럼 나도 생각에 잠겨본다.

나는 현재 학생이다. 그리고 이팔청춘이다. 지금은 무지개 빛깔만 생각하자, 어머니 눈가의 주름살과 골뱅이는 다음에 생각하자! 그렇다! 나는 컴퓨터에 관심이 있으니 컴퓨터언어공부와 학교공부를 열심히 하자! 공부에서 무지개 빛깔을 찾아야 하는 것이 삼각함수를 푸는 방법이다.

공부에서 무지개 빛깔을 찾아야 한다고 다짐하지만 골뱅이가 눈에 아른거리며 눈까풀을 내린다.

위의

초등학생일기와

고등학생의 일기는

글쓴이가

글짓기를 못하는 사람들을 위해서

지난 날을 되새기며 일부러 써놓은 것으로

초등학생과

고등학생에게

같은 조건이 주어졌지만

초등학생과

고등학생에게서

문장짓기와 엮어내기 그리고

주변지식의 수준은 서로 다르다는 것을

인정한 상태에서 글쓴이가 나름대로 써놓은 것이다.

이 두 일기는

글짓기를 못하는 사람들에게

글짓기의 기초적인 '글틀'로써

도움이 될 것이라고 생각하는데

이를테면

붓글씨를 배울 때

길 영(永)자을 가지고

붓글씨의 기초를 다질 수 있다고 하듯이

글짓기를 좀 못하는 사람들은

위의 두 일기를

열 번, 백 번을 읽고 또 읽고 나서

거의 외워지면

글쓴이가 말하고 있는

문장짓기 실력과 엮어내기 실력의 기초가

생각보다 쉽게 틀에 잡혀서 글짓기의 기초가 마련될 것으로 생각한다.

끝으로
습작에 도움이 되기를 바라는 글로
글쓴이가 써서
누리그물의 여러 게시판에 올렸던
습작수준의 세 편의 글과
습작수준보다는 좀 낫다고 생각하는
세 편의 글을 옮기면서 글을 맺는다.

언론개혁

1. 정부와 시민단체들은
   언론개혁을 해야 한다고 소리쳐 외치는 그 소리는
   세종대왕처럼 이순신 장군처럼 훌륭하다고 생각한다.

2. 정부와 시민단체들은
   당연히 세종대왕처럼 이순신 장군처럼 훌륭한 일을 늘 해야 한다.

3. 세종대왕처럼
   이순신 장군처럼 훌륭한 일을 하려는 사람은
   세종대왕과 이순신 장군의 수준이 되어야 한다.

4. 정부와 시민단체들은
   세종대왕과 이순신 장군이
   지난날에 일을 훌륭하게 한 것처럼
   언론개혁을 하고 싶으면
   정부자체개혁과 시민단체 자체개혁을 하고 나서
   언론개혁을 하자고 소리쳐 외치면
   그 소리는 하늘의 소리요 땅의 소리가 되지만
   그렇지 않고 소리쳐 외치는 그 소리는 소라의 소리이다.

2001. 6. 23

보신탕과 문화상대주의

1. 남의 제사상에
   감놔라 대놔라라고 하지 말라!는 우리 속담이 있다.

2. 로마에서는 로마법에 따르라는 말이 있다.

3. 서양놈들이 버릇없이
   우리 나라의 개고기문화인 보신탕에 대하여
   궁시렁거리고 투털대고 있다고 하는데 미친놈들이라고 생각한다.

4. 왜냐하면
   문화는 상대주의이고
   1.과 2.는
   문화가 상대주의라는 증거이기에
   글쓴이가 3.과 같은 말을 하는 것이다.

5. '문화는 상대주의이다'라는 것을
   서양놈들은 아직 미개해서 모르는가본데
   세상은
   컴퓨터통신으로 하나가 되는 지구촌 세상에서
   문화상대주의라는 것을 모르는 서양애들은 개고기를 먹고 정신차려
   야 한다.

2001. 7. 27

서울방송의 유료화는 정당하다.

1. 자기물건을
   남에게 공짜로 주지 않고
   돈을 받고 팔겠다는 것이 무엇이 잘못되었는가?

2. 장사란 개념을 바로 알고 문제를 풀어갑시다.

3, 장사란 이문을 남기는 일입니다.

4. 서울방송에서
   자기네들이 만든 영상물로
   돈을 받고 팔겠다는 것이 잘못입니까?

5. 서울방송은 장사하는 집단으로서
   정당한 방법으로
   장사를 하는 것을 나쁘다고 하는 것이 나쁜 것이다.

6. 정당한 것을
   잘못이라고 떠드는 사람들이 요즈음 많은데
   이것은 너무나 철없고 모자라는 사람이라고 본다.

7. 장사꾼이 장사를 하는 것이 무엇이 잘못인가?

8. 괜히 남을 헐뜯을
   시간이 있으면 집에서 잠을 자야 한다고 생각한다.

2001. 10. 17

논술을 위한 세 가지 조건

1. 문장짓기
2. 주변지식과 엮어내기
3. 서론, 본론, 결론
4. 맺음말

1. 글이란
   자신의 생각과 감정을 일정한 '문장'으로 나타낸 것이다

그래서
글을 잘 쓰기 위해서는
자신의 생각과 감정을
일정한 문장으로 나타낼 수 있는 것이 중요하기에
작문 책을 많이 읽거나
논술특강과 같은 강의를 들어야 별 소용이 없다고 생각한다.
자신의 생각과 감정을
문장으로 나타내는 것은
스스로 터득해야 한다고 생각하기 때문이다.
스스로 터득하는 방법은
간단한 수필이나
신문의 사설 두 세 개를 일단 외운다든가
아니면
책을 많이 읽으면서
마음에 드는 문장이나 문구를
독서공책에 적어두고 외우다보면
문장이란 것을 나름대로 소화하게 되어
간단한 일기나 수필을 쓰고자
연필을 들면 글과 담을 쌓은 사람도
자신의 생각과 감정이 일정한 문장으로 술술 표현될 것이다.

('글짓기 교실 1, 2'참조)

2. 무슨 글을 쓰려면
   무슨 글의 내용과 관계가 있는 주변지식이
   무슨 글을 쓰는 사람의 머릿속에 저장되어 있어야
   주변지식과
   무슨 글의 주제를
   엮어놓는 글짓기가 이루어지며
   이것을 잘하면 글을 잘 쓰는 사람이고
   이것을 어느 정도의 등급으로 하느냐에 따라
   일류의 글이 되든가 아니면 이류나 삼류의 글이 되는 것으로 본다.

3. 나무가 있다.
   나무는 뿌리가 있고
   줄기, 가지, 잎새가 있다.
   뿌리는 주변지식이라고 할 때
   줄기, 가지, 잎새는
   주변지식과 일정한 글의 주제를 엮어놓은 상태로
   어떤 사람이
   써놓은 글에는 줄기, 가지, 잎새의 모양이 보여야 좋은 글이 된다고
   본다.

4. 글을 잘 쓰려면
   자신의 생각이나 감정을
   일단 문장으로 술술 표현하는 일이 숙달되어야 한다.
   그리고 나서
   술술 표현된 것이
   이른바 서론, 본론, 결론으로
   다시 말해 줄기, 가지, 잎새란 모양이 갖추어져 정리되어야 한다.
   정리하는 기술은
   다른 기술과 마찬가지로
   연습을 통해서, 끊임없는 연습을 통해서 이루어진다.
   마지막으로 한 마디는
   "무엇을 하다보면
   어떻게 하는가는 자연적으로 알게 된다"는 말을 덧붙이고자 한다.

글짓기를 잘 하는 방법?!.

1. 글짓기의 기초는
   스스로의 생각이나 감정을
   일정한 문장으로 표현하는 일이고
   그 표현한 많은 문장들을
   일정한 체계로 정리해 놓으면 글이 된다고 보는데

대부분 사람들은
개별 문장들을 일정한 체계로 정리해 놓은 일을 못하고 있다.

2. 글을 잘 쓰지 못하는 사람들이
   쓴 글 속에 나타난 개별문장을 보면
   80～95점대로 보이는 문장이 많아도
   글 전체의 흐름에서는 정리가 되지 않아서
   글 자체가
   심한 경우에는 58～62점이거나
   덜 심한 경우는 65～69점수대가 되어
   70점을 넘지 못하는 경우를 누리그물의 게시판에서 자주 느낀다.

3. 왜 사람들은
   80～95점대의 개별문장을 지어 놓고
   그 문장들을 정리하지 못해서
   글 자체를 58～69점수대의 글로 만들어 놓는 것일까?

4. 60점대의 문장도
   잘 정리해 놓으면 70점을 넘어서
   80점을 넘길 수도 있다고 보며
   70～79점수대의 문장을
   잘 정리해 놓으면
   80～89점수대의 글이 된다고 보는데
   80～95점수대의 문장을 정리해 놓은 것을 제대로 못해서
   글 자체가
   58～62점수대의 글이 되거나
   아니면 잘 봐줘도 70점을 넘지 못하는 글을 지어 놓은 것일까?

5. 사람들은
   글의 흐름이란 기승전결이란 것을 누구나 알고 있다.
   그런데

게시판의 글을 읽다보면
흐름체계의 정체(장황한 설명)와
흐름체계의 단절(글을 쓰다 만) 그리고
흐름체계의 논리적 모순을 볼 수 있다.

6. 흐름체계의 문제점을 일으키는 까닭은
   '전체적', '부분적', '개별적'이라는 개념을
   글쓰기의 실전에 적용하는 경험이 부족했기 때문이라고 본다.
   그리고
   전체적, 부분적, 개별적이란 개념은
   그림, 운동경기, 연기활동 들들 모든 분야에 적용된다고 본다.
   단체경기에서
   단체전술, 부분전술, 개인전술이라는 말을 하지 않는가?

7. 생물은 동물과 식물로 나누고
   동물은 포유류, 파충류, 갑각류, …… 들로 나눈다.
   포유류에는 고양이과와 기타 다른 무슨 과 들이 있다.
   고양이과에는 고양이, 사자, 호랑이, …… 들이 있다고 한다.

8. 생물과 관련해서
   식물과 동물은 전체적 개념이고
   …류, …과는 부분적 개념이고
   고양이, 사자, 호랑이는 개별적 개념이다

9. 어떤 사람이
   고양이에 대해서 글을 쓰다면
   기본적으로 포유류(고양이의 상위개념)에 대한 기초설명과
   사자, 호랑이(고양이와 대등개념)에 대한 언급도 하면서
   고양이에 대한 본론(고양이의 속성 개념)과 함께
   고양이에 대한 나름대로의 결론을 말하는 것이
   글쓰기의 기본이론으로

이 때 상위개념과
대등개념 그리고 속성개념 사이에서 논리적 모순이 없어야 한다.

10. 사람들 가운데는
80~95점수대의 개별문장을 지어 놓으면서
글 전체로 보아서
58~62점대거나
이 보다는 나아도
70점을 넘기지 못하는 것으로 여겨지는 글들을
누리그물의 게시판에서 보게 되는데
이러한 것은
글을 쓰는 사람 스스로가
글의 주제와 소재를 엮는 과정에서
상위개념적인 상황,
대등개념적인 상황,
속성개념적인 상황의 사이에서 어떤 논리적인 모순이 있기 때문이다.

11. 글을 잘 쓰려면
80~95점대의 문장을 늘어놓은 것이 중요한 것이 아니라
60점대의 문장이라도
그 문장들에는
상위개념, 대등개념, 속성개념을 지닌 문장들을 지어 놓고
이 문장들 사이에
논리적 모순이
일어나 않도록
문장들을 늘어놓으면 80점이 넘을 수 있다고 생각한다.
                    1995년에 쓴 것을 2002. 7. 28에 고침. 끝.

1. 시나
   소설이나 논설문이나
   어느 글이나
   좋은 글이 되려면
   이를테면
   무슨 문예응모당선작과 같은 글이 되려면
   대체로 '기승전결'이란
   '흐름의 틀'에 맞아 떨어져야 한다고 본다.

2. 이곳 저곳의
   게시판에 올라오는 글을 보면
   기와 승의 흐름은 있는데
   전과 결이 없다든가(글을 쓰다가 만 듯한)
   아니면
   전과 결의 마무리가 깔끔하지 못하다고 생각한다.

3. 여기서
   없다든가, 깔끔하지 못하다는 것은
   이른바 '형상화'를 하다가 그만 둔 듯하든가
   또는 그 형상화가 깔끔하지 못했다는 뜻이다.

4. 기승전결이란 틀에 맞게
   시나 소설이나 논설문을 쓰려면
   기초적으로
   '논리적인 구성능력'이 일정수준이 되어야 한다.

5. 논리적인 구성능력이 모자라면
   글의 주제와 소재를

기승전결이란
흐름의 틀에 끼워놓은 모양이 '어설프게' 된다.

6. 시나
소설이나 논설문이나
무슨 멋진 글을 쓰겠다고
방에 틀어 박혀서
'이론서'를 많이 읽고
'습작'을 많이 하면 할수록
멋진 시나
소설이나 논설문은 더욱 쓰지 못하게 된다고 생각한다.

7. 까닭을 말하면
말이 길어지니까
그 말은 여기서 멈추고
멋진 시나 소설이나
논설문을 쓸 수 있는
그 '무슨 뾰족한 수'를 말하면
'이름난'
시나 소설이나 논설문을 많이 읽어서
그 읽은 많은 글에서 흐르는
기승전결이란 흐름의 틀을 터득하면
자연스럽게
논리적인 구성능력이 무엇인가를 알게 되고
'이때부터'
습작을 해야 하는데
이때부터는
알게 된 논리적인 구성능력을
기승전결이란 흐름의 틀에 맞게
글을 써보는 '실험'을 하는 것이고
이 실험이 '마무리된 모습'은

이름난
시나 소설이나
논설문을 읽었을 때 느끼었던
'글의 흐름에 따른 뭔가 움트는 분위기'와
비슷한 분위기를
스스로가 쓴 글에서도 느끼게 되면
이런 글은 무슨 문예응모당선작이 될 수 있다고 본다.

8. 스스로가 쓴 글에서
   앞에서 말한
   '글의 흐름에 따른 뭔가 움트는 분위기'의
   '느낌'이 들지 않으면
   이런 분위기의 느낌이 생길 때까지
   그 글을 고치고 또 고친다든가
   아니면
   새로운 소재로 글을 다시 써서
   '글의 흐름에 따른
   뭔가 움트는 분위기'가 날 때까지 글을 다시 써야 한다.

9. 위에서 말하는
   무슨 문예응모당선작이 될만한 글을 써서
   어느 곳에 보냈는데 당선되지 못했다면
   이것은
   심사위원과 응모자와의 정신감응(?)이
   서로 맞닿지 않아서 그런 것으로
   다른 어떤 객관적인 결함이 있어서
   당선되지 못한 것은 아니라고 생각하며
   열 번 찍어 안 넘어가는 나무 없다는 말처럼
   열 군데에
   서로 다른 열 편의 글을 응모하면
   어느 한 곳에서는 반드시 응모에 당선될 것이라는 생각한다.

10. 글쓴이는
    응모당선작이라는 말을 하면서 네 가지를 이야기했다.
    첫째로 기승전결이란 흐름의 틀,
    둘째로 형상화,
    셋째로 논리적인 구성능력,
    넷째로 뭔가 움트는 분위기의 느낌 따위가 그 네 가지이다.

11. 시나
    소설이나 논설문이나
    그 어느 글도
    '논리적인 구성능력'이란 것을 가지고
    글의 주제와 소재들을
    기승전결이란 흐름의 틀에 엮어(늘어)놓아
    글에서
    뭔가 움트는 분위기의 느낌이
    일어나도록 어떤 주제를 형상화시키는 것이라고 본다.

12. 글을 좀 못쓰는 사람들이
    써놓은 글은
    두 가지 글 가운데 하나로
    이를테면
    '어설픈 글'과 '건방진 글'로 나눌 수 있다고 생각합니다.

13. 어설픈 글이란
    군말과 논리적인 모순이 나타나는 경우로
    이 두 가지가 동시에 나타나는 경우와
    어느 한 가지만 나타나는 경우가 있다.
    군말이란
    글의 흐름에서
    없어도 되는 말이나 같은 말을 되풀이하는 말이고
    논리적인 모순이란

논리적으로 앞뒤가 맞지 않는 것과
이런 논리와 저런 논리를 같은 차원에서 다루는 것을 말한다.
어떤 글은
뭔가 움트는 분위기의 느낌도 생기(나)고
논리적 모순도 없어서 좋아 보이는데
야릇하게
군말이 많이 나타나서
글이 어설픈 글이 되는 것을
게시판에 올라오는 글에서 많이 보게 되는 경우가 있다.

14. 건방진 글은
    어설픈 글과 다르게
    군말은 없지만
    서당(?)에서
    배운 풍월(?)을 선무당처럼 이야기하면서
    뜬 구름만을 잡으려는 듯이 이야기를 하는 글을 말한다.

15. 어설픈 글과
    건방진 글에 대하여는 여기서 줄겠는데
    아무튼
    무슨 문예응모당선작에 뽑힐 만한 글이 되려면
    어설픈 글과 건방진 글의 고비를 넘어서
    스스로가 쓴 글에서
    '글의 흐름에 따른 뭔가 움트는 분위기의 느낌'이
    물이랑처럼 넘실거려야
    무슨 문예응모당선작이 될 수 있다고 생각하며
    이제는 이런 글을 쓰는
    글쓴이가 겪은 글쓰기에 대한 것을 풀어놓고자 한다.

16. 글쓴이는
    대학에 입학하고 얼마 뒤인

4월 어느 날에 학보신문을 보면서
나도 학보에
글쓴이가 쓴 글이 실리었으면 하는 마음을 갖게 되었다.

17. 그래서
도서관에 자리를 잡고
수필 종류로 무슨 글을 쓰겠다고
열심히 끄적대었으나 잘 되지 않았다.
그리하여 곰곰이 생각하니
책을 많이 읽으면
글을 잘 쓰게 될 것이라는 희망으로
무턱대고 그렇게 생각하고 책을 많이 읽었다.

18. 글쓴이가 주로 읽은 책은
사회과학 종류로
아시다시피 이 책은 글의 형식이 논문과 비슷한데
아무튼 이런 책을
2학년 1학기까지 나름대로는 열심히 읽었고
2학년 여름방학에 정말로 글 써보겠다고 글을 썼다.
글을 쓰는 과정에서
글의 흐름이
글쓴이가 사회과학 서적을
읽을 때처럼 매끄럽지 않아서
고치고 또 고치기를 많이 하고서
다시 읽어보니
글쓴이가 쓴 글에서도 글의 흐름이
글쓴이가 사회과학 서적을 읽을 때
느끼었던 '분위기'와
어느 정도 비슷한 '글의 흐름'을 느끼어 글을 마무리했다.

19. 글을 마무리하고서
    이 글을 학보사에 투고해 보려고 했지만
    자신이 없어서 그만두었고
    3학년 2학기에는 군대에 갔고
    복학하고서는 써놓은 것을 잊고 있었고
    졸업을 한 다음에 사회생활을 3년 정도 하다가
    책상정리를 하는 과정에서
    그 써놓았던 글을 읽어보니
    그런 대로 제법 잘 쓴 느낌이 들었지만
    '그래도'라는 말이 나오다가
    밑져야 본전이라는 말이 문득 떠올라서 학교신문사에 투고를 했다.

20. 한 달 보름 뒤에
    학보가 집에 배달되어
    그 학보를 펼쳐보니 글쓴이가 쓴 글이 보였다.

21. 학보에 실린 글을 보니
    글쓴이가 투고한 분량의
    5분의 1정도가 끊기어
    실리었지만 원고내용을 고친 부분은 없었다.
    끊긴 부분을 살펴보니
    글의 흐름에서
    지나치게 '없어도 되는 말과 같은 말'이
    설명적으로 되풀이 된 일종의 '군말'이었다.

22. 이 뒤로
    글쓴이가 글에 대하여 자신감을 갖고
    다시 글을 써서 학보에 투고를 하니
    학보에 실리기는 했으나
    지난 번처럼
    원고의 일정부분이 또 끊기어 실렸다.

그래서
마음을 다부지게 가다듬고
원고가 끊기지 않도록
다시 새로운 내용의 글을 써서
또 다시 한 번 학보에 투고를 해보니
이 번에는 하나도 끊기지 않고 실리었다.

23. 세 번째 보낸 원고가
끊기지 않고
실리게 된 까닭을 나름대로 말하면
글의 흐름에서 되풀이하는 내용이 보이면
이러한 것은
눈을 딱 감고
지워가며 글을 썼더니 끊기지 않았다고 본다.

24. 이런 일이 있고 몇 해 뒤인
1994년 11월에
컴퓨터를 샀고 이어서 통신을 하면서
통신상의 게시판에 남들처럼
그냥 시사적인 것에 대하여 떠들어댔지만
이때 내 나름대로는
간단명료하게 요점정리식으로 글을 올렸다.

25. 시간이 흘러서
2000년 12월에 어느 도서관에서
'한글학회'에서 펴내는
'월간'인 '한글새소식'을 보고
한글에 대해
평소 생각했던 것을 글로 표현하여
2001년 1월 5일쯤에
한글학회에 투고를 했더니

한글새소식 2월호인 342호에
글쓴이가 쓴 글이 실린 것을 보게되었다.

26. 글쓴이는 논설문적인 글을
    누리그물의 여러 게시판에
    그냥 올리는 사람으로
    남들이 나를 알아주고 있지는 않지만
    한글새소식에 내 글이 실리었다는 것이
    나로서는 무슨 글쟁이로
    문단에 등단했다는 기분이 들어서
    글쓴이가 내 스스로 이름난 글쟁이라고
    스스로 다짐하면서
    이따금씩 글을 누리그름 게시판에 올리고 있는데
    어느 날
    글쓴이가 누리그물에서 내 이름인
    ‘현남섭’을 치고 ‘찾기’를 해보니
    현남섭과 관계된 것들이
    떠오르는 것이 보여 잘 살펴보니
    누리그물의 어느 게시판에 올렸던 글이
    ‘전자신문’인 ‘뉴스보이’에서
    여러 누리집의 게시판에 올라오는 글들을
    몇 가지 분야별로 나누어
    ‘오늘의 글’정도로 뽑은 것들 가운데
    글쓴이가 쓴 글이
    이를테면 2000년 7월 25일자에서
    ‘오늘의 개성이 있는 글’정도로 뽑힌 것을
    2001년 8월에 알게 되면서
    이 뒤에
    글쓴이가 문단에 정말로 등단한 글쟁이라고
    내 스스로 더욱 그렇게 여기고
    오늘도

누리집의 여러 게시판에 글을 열심히 올리고 있다.

27. 글을 마무리하면
    어떤 시나
    소설이나 논설문 따위가
    '좋은 글'이 되려면
    그 글에서
    군말이 없어야 하고
    아울러 논리적 모순이 없는 가운데
    '뭔가 움트는 분위기'의 숨결이 일렁이어야 한다고 보며
    그리고
    좋은 글을 쓰려고 애쓰는 여울목에서
    습작으로
    시나 소설이나
    논설문 따위의 글을
    많이 써보는 것이 중요한 것이 아니라
    수준작의 글을 많이 읽고 그것을 흉내내다가
    일정한 고비를 넘겨서
    스스로가
    수준작과 같은 글을 쓸 수 있어야 할 것으로 생각해 본다.
    습작을 많이 하다 보면
    습작생의 수준에서 헤어나지 못하게 된다고 봐서
    수준작을 많이 읽어보고
    그것을 흉내내기를 하다보면 스스로도 모르는 사이에
    '수준작의 글(?)'을 짓게 될 것이며
    이럴 때 어느 곳에 응모를 하면 당선이 될 것이고
    당선이 되지 않았다면 이것은
    심사위원의 주관적인 눈에 들지 않았거나
    응모한 작품들이 거의 다가 수준작이어서
    당선되지 않았다고 볼 수 있기에
    당선되지 않는 것에 대해 서운해하지 않아도 된다 본다. 2002. 3. 3

7. 창작의 세계

이제는

글짓기를 못하는 사람들로 하여금

주눅들게 하는 말로

이른바 '창작의 세계'라는 말에 대하여 짧게 살펴보고자 한다.

다음의 단락은 소설가인 조정래님의 말이다.

　소설을 직업적으로 십 년 이상 써온 사람들의 경우 그들에게 관심을 가진 주위 사람들로부터 "어떻게 그렇게 소설을 쓸 수 있느냐?"는 질문을 비롯해서, "주인공들은 실재 인물이야?", "그 이야기는 정말로 있었던 것이냐?"하는 식의 물음들을 심심찮게 듣게 될 것이다.

　그런 종류의 질문들은 전문적인 작가들의 입장에서는 참 대답하기 난처하고 또 굳이 대답할 필요도 없는 우문일 수 있다. 그러나 문학지망생이거나 창작 경력이 짧은 사람들의 경우에는 아주 심각한 질문이 아닐 수 없을 것이다.

　……줄임……

　우리가 문학(다른 예술도 다 포함시켜서)과 창작에 관해 이야기함에 있어서 먼저 이해의 마당을 한쪽 켠에 장만해 둘 필요가 있다. 예술에 대한 이야기, 어느 예술품의 감상이거나 가치평가에 대한 토론의 범위를 벗어나 특히 '창작 그 자체'에 대해 이야기할 때는 우리가 일반적으로 말하는 과학적 분석이나 논리적 체계 또는 이론적 정확성 같은 방법만으로만 이해하려고 들어서는 곤란하다는 점이다. 그러한 인식의 틀을 바탕으로 하되 또 하나의 이해의 세계를 한 차원 다르게 확보하지 않고서는 예술에 대해서는 편안하게 이야기하기가 어렵게 된다. 그 다른 하나의

인식세계, 그것이 바로 과학적 논리나 이론으로서의 접근도 설명도 안되
는 '창작의 세계'이며 '예술의 세계'인 것이다.

　　(가져온 곳 : 조정래, 창작이란 무엇인가, 정민출판사, 1994년, 112쪽.)

위의 글에는
'창작의 세계'라는 말이 보이며
그 창작세계는
과학적인 논리나 이론으로서는
접근도 설명도 안 되는 세계라고 했지만
글짓기를 꽤 잘하는 사람에게만
조정래님이 말하는 창작의 세계가 있는 것이 아니라
글짓기를 좀 하거나 아주 못하는 사람에게도
창작의 세계는 있는데
글쓴이가 생각하기에
글짓기를 좀 하거나 아주 못하는 사람이
간직한 창작의 세계는
글짓기를 좀 하거나 아주 못하는 그런 상황에 있기에
이런 사람의 머리 속에 있는 창작의 세계는
남들에게 그다지 보여줄 수 없어서
사회로부터 무시되는 것일 뿐이라고 글쓴이는 생각한다.

글쓴이는
창작의 세계에 대한 분석을 단순화해서
창작의 세계에 가까이 가보기 위해서
창작의 세계라는 것을
세 단계로 나누어
위의 단계에서부터

이를테면

'일어선 창작의 세계'와

'일어서는 창작의 세계' 그리고

'앉아있는 창작의 세계'로 나누어 생각해 보고자하며

조정래님이 말하는

'창작의 세계'는 맨 위에 있는 '일어선 창작세계'라고 하자!

그리고

'일어선 창작의 세계'를 간직하고 있는 사람들은

객관적으로

80점 이상의 글을 쓴 적이 있고,

쓰고 있고, 쓸 수 있는 사람이지만

이 사람들이

늘 80점 이상의 글을 쓰는 사람은 아니라고 하자!

'일어서는 창작의 세계'를 간직하고 있는 사람은

객관적으로

60점에서 79점 사이의 글을

쓴 적이고 있고, 쓰고 있고, 쓸 수 있는 사람이지만

이들도 늘 60점에서 79점 사이의 글을 쓰는 것이 아니라

노력하면 80점 이상의 글을 쓸 가능성이 있고

또 60점이 못되는 글을 쓸 수 도 있다고 생각하기로 하자!

마지막으로

'앉아있는 창작의 세계'를 간직하고 있는 사람은

객관적으로

60점이상의 점수를 얻는 글을 쓴 적이 없고

현재에도 60점이상의 글을 쓰지 못하고 있지만

앞으로 노력하면

60점이나 80점을 넘기는 글을 쓸 수가 있다고 하자!

이렇게
창작의 세계를
세 단계로 나누어 놓은 것을
글쓴이가 말하는
글짓기의 3요소와 묶으면
아래와 같은 말을 할 수 있다고 생각한다.

글짓기를 하는 단계가
앉아있는 창작의 세계이거나
일어서는 창작의 세계라는 단계에 있는 사람들도
글쓴이가 말하는 글짓기 3요소인
문장짓기와 엮어내기의 실력을 높이며
아울러 주변지식을 갖추어서
객관적으로
80점이상의 점수를 얻을 수 있는
글을 썼다면(쓴다면) 그 사람은
조정래님이 말하는 창작의 세계를 간직한 상태라고 말이다.
그리고
창작의 세계를
글쓴이가 해놓은 것과 같이
객관화된 세 단계로 나누어 놓으면
어떤 사람이
일어선 창작의 세계에 올라왔는가를 알 수 있고
못 올라온 사람은

얼마나 노력을 해야
일어선 창작 세계에
올라올 수 있는지를 어떤 가늠자로 짐작하기가 좀 쉽다고 본다.

마무리하면
글짓기를 하는 단계가
일어서는 창작의 세계이거나
앉아있는 창작의 세계의 단계에 있는 사람들 가운데
그 누구도
글쓴이가 말하는 글짓기의 3요소를 갈고 닦아서
80점을 넘기는 글을 썼다면
그 누구는
'일어선 창작의 세계'에
올라선 것이라고 글쓴이는 생각하는 것이다.
그리고
조정래님이 말하는
창작의 세계라는 것이
개인마다의 독특한 성향이 있을 수 있기에
창작의 세계는
과학적인 논리나 이론으로서는
접근도 설명도 안 되는 세계라는 것이
어느 정도는 말이 되는 점이 있다고 생각하지만
조정래님이
창작의 세계에 대하여 말할 때
'과학적인 논리나 이론으로서는
접근도 설명도 안되는'라는 말을 하는 것은

조정래님이

창작의 세계를

'함부로 올라가지 못하는 나무'로 못박아서

조정래님을 포함해서 작가 스스로들에게

일정한 권위를 부여하려는 속셈이 있었다고 생각하지만

글쓴이가 생각하기에는

'글짓기를 함에(시나 소설이나 논설문 들들을 쓰는 것)' 있어서는

'글짓기의 3요소'와

'창작의 세계'란 이 둘 사이에 앞뒤의 순서가 있다면

글짓기의 3요소가

창작의 세계보다 앞에 온다고 생각하여

글쓰기를 배우는 과정에서

청소년들이

흔히 말하는 '창작의 세계'라는 말에 주눅이 들어서

글짓기를 배우는 것에 겁을 먹었다면 그럴 필요가 없다고 생각한다.

풀이 : 글쓴이가 생각하기에

　　　글짓기의 3요소와

　　　창작의 세계란 두 개념 사이에

　　　앞뒤의 어떤 순서가 있다면

　　　글짓기의 3요소가

　　　창작의 세계보다 앞에 놓인다고 생각하는데

　　　이렇게 생각하는 까닭은

　　　아래와 같이

　　　글짓기에 대한 두 단락이 갖고 내용 때문이고

　　　이 내용은

글쓴이가 말하는 글짓기의 3요소 가운데
엮어내기와 관계되는 내용이라고 생각하기 때문이다.

　설명적인 글쓰기는 독창성으로 탄생한 개념화를 자라게 하고 번성하게
한다. 스스로 생각하는 것은 분석(문제를 조작자가 해체하여 하나하나 자
세히 살펴보고 해결의 실마리를 찾는 것), 해석(저자의 가정을 추론하는
것), 종합(부분을 다시 결합하여 부분들 사이의 관계, 그리고 전체와의
관계를 연계하여 결론을 이끌어 내는 것), 그리고 평가(종합에 대한 이해
력을 증가시키고 판단을 내리는 것)와 같은 매우 고차원적인 지적 기술
들을 요구하는 것이다. 이러한 고차원적인 기술들을 이해하는 것은 설명
적인 글쓰기의 기초이다.
(가져온 곳 : 김종하(경희대학교 행정대학원 강사), 미래전쟁과
국방획득, 도서출판 책이 된 나무, 2002, 15쪽)

　이와 더불어 설명적인 글쓰기의 또 다른 특질은 가운데 하나가 논리
적 구성, 즉 어떤 주장의 구조와 논리의 일관성이다.(줄임) 예컨대 서론
(저자의 가설을 제시), 본론(핵심적인 생각과 증거를 제시), 그리고 결론
(논의의 종결을 이끄는 곳)에 이르기까지 생각의 논리적인 흐름이 있는
가? 만약 그러한 흐름이 없다면, 즉 주장의 요소들과 그들의 연계가 명
확하지 않다면, 글을 읽는 독자들은 혼란에 빠지게 될 것이다. 이럴 경
우, 글쓰기는 실패한 것이라고 할 수 있다.
(김종하, 15～16쪽)

둘째 마당.
글짓기 교실(실전)

1. 초등학생이 쓴 수필 살펴보기

만나 보지도 못하는 동무

목포 용호초등학교 6학년 주민경

우리 나라 사람들 모두가 만나보지 못하는 친구가 있다.
그 친구는 바로 북한 어린이들이다.
어느 날 난 굶주림에 고통 받고 있는 북한 친구들을 보았다.
우리는 지금 먹기 싫다고 음식을 버리는데 북한에 있는 친구는 사정이 다르다.

외국에는 고마운 분들이 많이 계신 것 같다.

북한에 부족한 자원을 보내주셔서 북한어린이에게 도움을 많이 주신다.

그 친구들이 사는 북한이 우리 나라와 통일한다면 내 친구들이 나처럼 잘 입고 잘 먹으며 행복하게 살 수 있을텐데. 통일이 안되니까 그 아이들이 계속 굶주림에 고통받으며 살 것이다.

받을 수 없고 이름도 모르는 북한 친구들에게 편지를 쓴다.

안녕? 난 주민경이라고 해. 나 너희들 이름을 모르지만 너희들을 한번 만나보고 싶어.

난 하루빨리 북한과 우리 나라가 통일이 되었으면 좋겠어. 왜냐구 그건 너희들을 하루속히 만나고 싶기 때문이야. 너희도 통일이 되면 굶주림에 고통을 받을 필요가 없어. 책에서 봤는데 북한에서는 총을 들고 싸움을 하는 것을 배운다며 외국사람과 우리 나라 사람들은 너희 나라를 위해 열심히 도와주는데…

글쓴이가 너무 북한에 대해서만 얘기했나봐.

이젠 우리 나라 얘기를 들려줄게.

우리 나라 한국은 선진국에 가까워진 나라야.

그래서 우리 나라는 기술이 발달된 나라이며, 그런데 옛날부터 동방예의지국이었던 우리 나라가 이제는 확 바뀌었어.

사람들이 예의범절을 지키지 않고, 국회의원들이 정치는 하지 않고 국회를 의논하는 곳에서 말싸움이나 하고 그런 나라로 되어버렸어. 그런 어른들은 없어졌으면 좋겠어.

그런데 작년에 뽑히신 김대중 대통령께서 올바른 정치를 펴서 우리 나라의 IMF가 풀려나고 있단다.

그래서 우리 나라의 경제가 좋아지고 있어서 우리 엄마, 아빠의 걱정이 덜어지셨어.

계속 김 대중 대통령께서 올바른 정치를 펴셨으면 좋겠어.

종이가 모자라네.

통일이 되는 그 날까지 잘 있어. 안녕……

(가져온 곳 : 목포시립도서관 발행, 문목, 1999, 86~87쪽)

위의 글에서 북한에 대한 이야기를 마칠 때까지는 그런 대로 글의 흐름이 좋았다고 보는데 우리 나라 애기를 하면서 글의 흐름이 좋지 않았다고 본다.

글의 흐름이 좋지 않았다는 것은 문장과 문장의 연결이 좀 억지로 이어놓았다고 생각하는 점인데 문제가 있는 곳을 직접 살펴본다.

우리 나라 한국은 선진국에 가까워진 나라야.
그래서 우리 나라는 기술이 발달된 나라이며, 그런데 옛날부터 동방예의지국이었던 우리 나라가 이제는 확 바뀌었어.

위의 단락을 보면 '선진국'과 '기술이 발달한 나라'라는 문구가 보이는데 이 둘의 관계에서 기술이 발달한 것이 원인이 되어서 선진국이 된 것이지 선진국이 원인이 되어서 기술이 발달한 나라가 된 것은 아니다.

따라서 "우리 나라 한국은 선진국에 가까워진 나라야."의 다음에 '그래서'가 와서는 안되고 '그리고'가 와야 하든지 아니면 "우리 나라는 한국은 선진국에 가까워진 나라로 기술이 발달한 나라"와 같이 한 문장으로 해놓는 것이 좋다고 생각한다.

그리고 "그래서 우리 나라는 기술이 발달된 나라이며, 그런데 옛날부터…"에서 '…이며' 다음에는 '그런데'와 같이 전환되는 내용이 오는 것이 아니라 '그리고' 또는 '또'와 같이 대등개념이 와야 할 것이다. '이며'는 무엇인가가 뒤따라오는 뜻이 있기 때문이다.

다음의 단락을 살펴보자!

사람들이 예의범절을 지키지 않고, 국회의원들이 정치는 하지 않고 국회를 의논하는 곳에서 말싸움이나 하고 그런 나라로 되어버렸어. 그런 어른들은 없어졌으면 좋겠어.

위의 단락에서 '그런 나라'의 뜻을 분명하게 말해 주는 것이 좋겠다. 왜냐하면 다음의 "…김대중 대통령께서 올바른 정치를 펴서 IMF가 풀려나고 있다."에서 김대중 대통령의 올바른 정치가 왜 'IMF'라는 말과 관계가 있는지를 잘 알 수 없기 때문이다.

다음의 단락을 살펴보자!

계속 김대중 대통령께서 올바른 정치를 펴셨으면 좋겠어.
종이가 모자라네.
통일이 되는 그 날까지 잘 있어. 안녕……

위의 단락은 글을 마무리하는 부분인데 내용을 마무리하는 말이 없고 단순히 통일이란 말만으로 끝을 맺고 있다.

지금까지 학생의 글에서 좀 아쉬웠다고 짚은 세 가지에 대하여 아래와 같이 고쳐보았다.
아래의 글은 학생이 쓴 글의 뒷부분이고 밑줄 친 부분은 글쓴이가 손질한 것이다.

이젠 우리 나라 얘기를 들려줄게.
우리 나라 한국은 선진국에 가까워진 나라로 현재 기술이 발달된 상태인데 그 옛날 동방예의지국이었던 우리 나라는 이제는 확 바뀌었어.
사람들이 예의범절을 지키지 않고, 국회의원들이 정치는 하지 않고 국회를 의논하는 곳에서 말싸움이나 하고 그래서 그런지 작년에 IMF를 당했어. 그래서 그런 어른들은 없어졌으면 좋겠어.
그런데 작년에 뽑히신 김 대중 대통령께서 올바른 정치를 펴서 우리 나라의 IMF가 풀려나고 있단다.

그래서 우리 나라의 경제가 좋아지고 있어서 우리 엄마, 아빠의 걱정이 덜어지셨어.

계속 김 대중 대통령께서 올바른 정치를 펴셔서 통일을 하루빨리 앞당기게 되었으면 좋겠어.

그러면 북한 있는 너희 친구들도 굶주림의 고통에서 보다 빨리 벗어날 수 있을 테니까?

종이가 모자라네.

통일이 되는 그날까지 잘 있어. 안녕……

거 울

목포 연동초등학교 5년 김잔디

내게는 4살 박이 동생이 있습니다. 내 동생은 나를 졸졸 따라 다니며 나를 무척 귀찮게 하고 또 글쓴이가 하는 건 다 따라 합니다.

어느 날, 둘째 동생과 욕을 하며 싸우고 있는데, 막내 동생이 우리가 하는 욕을 따라 하면서 우리를 따라 하였습니다. 그 때 어머니께 꾸중도 듣고 또 나만 혼내시는 어머니가 밉기까지 했습니다. 하지만 이젠 어머니를 이해하게 되었습니다. 그리고 차츰 이런 생각도 하게 되었습니다.

"난 동생들 앞에선 거울이니까 이젠 동생들 앞에선 모범이 되어야지"

하고 누나다운 아주 야무진 생각을 하게 되었습니다. 하지만 다시 이런 생각이 빗나가게 되었습니다. 어쩔 땐 졸졸 따라다니며 괴롭히는 동생 때문에 이런 생각도 합니다.

"어머니께선 동생을 왜 낳으셨지? 참 귀찮아 죽겠어."

하는 생각을 하면 동생에겐 미안하지만 또 졸졸 따라 다니는 동생 때문에 생각은 금방 바뀝니다.

글쓴이가 피아노를 치고 있으면 '쿵쿵'거리며 또 시작합니다. 이런 땐 정말로 동생이 밉습니다. 하지만 새근새근 잠들어 있는 동생을 보면 또 생각합니다.

'난 내 동생의 훌륭한 거울이 되어야지'

(가져온 곳 : 목포시립도서관 발행, 문목, 1998, 70쪽)

위의 글은 글쓴이가 보는 바로는 글이 좋다고 생각한다. 동생에 대한 이야기로 처음부터 끝까지 글을 이어가는 과정에서 옆길로 빠지지 않고 진행했다는 것이 중고등학생도 잘 못하는 것을 초등학생으로서는 잘했다고 보는 것이다.

또 잘된 점은 동생의 이런 저런 미운 짓을 겪으면서 이 과정에서 누나로서 동생에게 '거울'이 되겠다는 것은 글쓴이가 말하는 '엮어내기'를 한 것으로 풀이한다.

엮어내기란 상황과 상황을 엮는 경우가 있고 일정한 상황에서 일정한 개념을 뽑아내는 것일 경우가 있겠는데 동생의 어린 행동과 자신의 모습에서 '거울'이란 개념을 끌어낸 것은 글쓴이가 말하는 엮어내기를 했다고 생각하는 것이다. 아무튼 글은 엮어내기를 하면서 글을 펼쳐 나아가야 글이 알차다고 보는데 초등학생이 엮어내기를 해서 참 훌륭하다고 본다.

2. 중학생의 독후감 살펴보기

'목걸이'를 읽고

○○중학생 1학년 2반 박영미

인간의 삶은 아주 사소한 계기에 좌우되기도 한다.

글쓴이가 이 책을 읽고 인간의 어리석은 욕망이 어떠한 결과를 초래하는지 한 번 깊이 생각해 보게 되었다. 프랑스 자연주의의 대표적 작가인 기드 모파상의 대표적인 '목걸이'는 허영심에서 비롯된 한 평범한 여인의 비극적인 삶을 보여주는 작품이다.

로와젤 부인은 항상 부유하고 화려한 삶을 꿈꾼다. 그러던 어느 날 친구인 휘레스체 부인의 목걸이를 빌렸다가 잃어 버려서 그 목걸이를 사기 위해 10년을 고생하게 되고, 그렇게 목걸이를 산 후 로와젤 부인은 그 목걸이가 가짜였음을 알게 되는 내용이다.

책을 읽은 나도 안타깝기 그지없는데 그의 심정은 오죽했을까? 또 할머니의 모습과 같이 변해버린 자신의 모습을 예나 지금이나 아름다운 자신의 친구와 비교하며 초라한 자신을 얼마나 원망했을지……

목걸이를 잃어버린 후 친구에게 찾아가 우선 사과를 한 뒤 목걸이의 값어치에 대한 보상을 했어도 10년이라는 시간을 낭비했었을까?

요즈음 테레비를 시청하다보면 범죄가 많이 일어 글쓴이가 이들이 돈에 대한 자신의 욕심을 못이겨 이런 일을 저지르는 것이라 생각한다.

이렇듯 인간의 욕심은 끝없기 마련이지만, 이 욕구를 억제하고 자신의 분수에 맞게 살아간다면 한층 더 발전 있는 삶이 될 것이다.

글쓴이가 앞으로 이 책을 내 마음의 권장도서 '1호'로 정하고 많은 사람들에게 권하겠다.

(가져온 곳 : 자하(상명대학교 사범대학 부속여자 중학교의 교지),
1998, 116쪽)

위의 글은 독후감이지만 이 독후감을 읽고서 글쓴이는 박 영미 학생이 군말이 거의 없는 상태로 글을 정말로 간결하게 잘 쓰면서 할 말도 거의 다 했다고 본다.

이 독후감을 나름대로 살펴본다.

박영미 학생은 "인간의 삶은 아주 사소한 계기에 좌우되기도 한다"라는 말로 일정한 전제를 하고서 '목걸이'라는 소설의 주제(허영심)를 두 번째의 단락과 같이 개괄적으로 말하고 이어서 목걸이의 전체적인 흐름도 한 두 문장으로, 곧 "로와젤 부인은 항상 부유하고 화려한 삶을 꿈꾼다. 그러던 어느 날 친구인 …로와젤 부인은 그 목걸이가 가짜였음을 알게 되는 내용이다."라고 간단히 설명하면서 반론으로 목걸이를 잃어버린 것에 대하여 일단 사과를 해보았으면 비극으로는 흘러가지 않았을 것이 아니냐 하는 물음을 말하고 있다.

그리고 목걸이에서 말하는 '인간의 욕망'을 현실에서 일어나는 '범죄'와 엮어서(글짓기에서 엮어내기) 욕구를 억제하고 자신의 분수에 맞게 살아가면 인간의 삶은 한층 더 발전할 수 있을 것으로 전개한다.

'목걸이'이란 소설에서의 '허영심'이 이론적이라면, 소리그림(테레비)에 비친 범죄는 소설속의 허영심이 다른 모습으로 현실에 나타난 것인데 이와 같이 이론과 현실을 이어놓는 것을 보고 아무튼 박 영미 학생은 책을 많이 읽었되 제대로 읽어서 글을 펼쳐가는 '요령(글쓴이가 말하는 '엮어내기')'을 터득한 것으로 보이며 결과적으로 이 독후감은 그 분량이 '시'처럼 적지만 글의 흐름이 '글쟁이(글짓기 전문가)' 수준이라고 본다.

다음은 '하늘 호수로 떠난 여행'을 읽고 송현혜라는 중학생이 쓴 독후감인데 이 독후감은 박영미 학생처럼 정말로 멋들어지게 글을 썼다고 본다.

일단 독후감을 살펴보자!

　사람들은 때때로 자기가 원하는 방향으로 일이 이루어지지 않았을 때 화를 내곤 합니다. 화를 낸다고 어떻게 다시 바뀌지도 않는다는 것을 알지만 습관적으로 화풀이를 합니다. 하지만 저는 이 책을 읽고 난 뒤 조금 다른 생각을 하게 되었습니다.

　'하늘 호수로 떠난 여행'이란 책은 '류시화'씨가 인도여행을 한 후 쓴 기행문 형식인데, 그 곳에서 일어난 일을 깨끗한 문장으로 풀어 낸 수필입니다.

　그 이야기들 중에 한 이야기가 있습니다.

　류시화씨가 인도여행 중 어떤 지방을 거치게 되었습니다. 그런데 그 버스가 어떤 곳에 멈추어 서서는 움직이지를 않는 것이었습니다. 안그래도 날씨는 푹푹 찌고 사람으로 가득 찬 버스 안에서는 숨쉬기가 곤란한 정도였습니다. 2시간도 넘게 예정에 없이 움직이지 않는 버스 안에서 마침내 류시화씨는 참다참다 분통을 터뜨렸습니다. 그러자 옆에 있는 사람이 이렇게 말했습니다.

　"여기 당신에게 두 가지 선택이 있습니다. 버스가 떠나지 않는다고 마구 화를 내든지, 버스가 떠나지 않는다 해도 마음을 평화롭게 갖든지 둘 중 하나입니다. 당신이 어느 쪽을 선택하더라도 버스가 떠나지 않는다는 사실엔 변함이 없습니다. 그러니 왜 어리석게 버스가 떠나지 않는다고 화를 내는 쪽을 택하겠습니까?"

　그렇습니다. 모든 일은 자기가 마음먹기에 달린 것입니다. 중요한 것은 화를 내던, 내지 않던 그 모든 사실은 변하지 않는다는 것이지요. 자, 우리 모두 조금 기분 나쁜 일이 생기더라도 다른 방향에서 생각해보는 것은 어떨까요?

　　(가져온 곳 : 자하(상명대학교 사범대학 부속여자 중학교의 교지),
　　　　　　　　　　　　　　　　　　　　1998, 57쪽)

위의 독후감은 박영미 학생처럼 독후감을 논술(논문, 논설문)적인 전개방법과 같이 쓴 것으로 보이며 그 전개과정에서 박영미 학생은 거의 만점이라고 생각하지만 송현혜 학생은 결론에서 조금 아쉬움이 남는다.

글의 끝 단락에서 마무리 말인 <자, 우리 모두 조금 기분 나쁜 일이 생기더라도 다른 방향에서 생각해보는 것은 어떨까요?>라는 말에서 '다른 방향에서 생각해 보는 것'라는 말이 좀 추상적이라고 생각하기 때문이다.

손현혜 학생이 '하늘 호수로 떠난 여행'을 읽고서 느낀 점은 화를 나게 하는 대상은 있지만 그 대상은 사람이 화를 내든 내지 않든 간에 그 대상은 변하지 않는다는 것이다.

그래서 다른 방향에서 생각해보자고 막연하게 말할 것이 아니라 <자, 우리 모두 조금 기분이 나쁜 일이 생기더라도 기분을 나쁘게 하는 대상을 제대로 봐서 그 대상을 스스로가 통제를 할 수 있는 것인지 아닌지를 알아보고 그 대상을 스스로가 통제할 수 없는 것이라면 인도인이 한 말인 "당신이 어느 쪽을 선택하더라도 버스가 떠나지 않는다는 사실엔 변함이 없습니다"라는 말로 기분 나쁜 일이 생긴 스스로를 다스리는 것은 어떨까요?>라는 투로 말해야 한다고 생각한다.

손현혜 학생은 정말로 글쓴이가 짚은 부분만을 빼놓고는 박영미 학생처럼 나무랄 곳이 없이 매끄럽게 글을 썼다고 글쓴이는 생각하며 여기서 줄이고 다음으로 넘어간다.

앞으로 살펴볼 글은 앞의 손현혜 학생과 같이 '하늘 호수로 떠난 여행'의 책을 일반인이 읽고 쓴 독후감이다.

이 독후감은 얼핏보기에는 잘 쓴 글인 것 같지만 그렇지 않다고 생각한다.

왜냐하면 글짓기 교실 2에서 말했던 '암호와 같은 문장'이 글에 있기 때문이다.

먼저 조 남일 님이 쓴 독후감을 읽어보겠는데 글쓴이는 '하늘 호수로 떠난 여행'에 대한 일반인과 학생의 독후감을 서로 비교하여 설명하기 위해서 일반인이 쓴 독후감의 글을 서로 6개의 단락으로 나누고 이에 각각 단락에 1~6까지의 숫자를 주었고 조남일님이 쓴 독후감에 이어서 손현혜 학생이 쓴 독후감을 옮겨놓는다.

조남일님이 쓴 독후감

1. 결혼하기 전 나에겐 1년에 4번(봄, 여름, 가을, 겨울)은 서로 읽고 싶어하는 책을 한 권씩 사서 보내주기로 약속한 친구가 있었다. 난 그 친구가 읽고 싶어하는 계간지를 보내고 있으며, 벌써 3년째 그 일은 서로가 빠짐없이 챙기고 있다. 결혼을 하고 아이를 낳고 일상생활로 늘 바쁘기만 한 글쓴이가 책을 멀리 하려하면 그 친구가 보내오는 책을 받게 되곤 했다. 이번 여름엔 류 시화의 '하늘 호수로 떠난 여행'을 받았다.

2. 인도를 아끼고 사랑하는 한 작가가 인도여행을 통해 느낀 감동과 기쁨 그리고 깨달음 등등을 단순하면서도 약간은 철학이 풍기는 소재와 내용을 지루하지 않을 정도의 양과 적당하고 편안함으로 약은 깊은 생각을 갖게 해주는 책이다.

3. 지금까지 난 인도하면 '시티 오브 조이'이가 생각나고, 소를 숭배하는 나라, 가난하고 게으른 나라, 요가 수행자들이 많은 나라, 손으로 음식을 먹는 나라 정도로만 알고 있는 내 자신이 이 책을 통해 늘 안일함과 자존심으로 가득 찬 내 자신을 보기에 충분했다.

4. 꾸밈없이 소박한 인도사람들 솔직한 땅 인도인들의 단순한 생활과 그들이 보여주는 치부까지도 당당한 행복을 느낄 수 있는 것은 무엇일까? 글쓴이가 지금까지 포기하지 못하고 집착하며 살아왔던 모든 것들이 이들 앞에선 왜 당당하지 못할까? 하는 의문이 들기 시작했고 하루정도는 깊은 상념에 빠지기도 했다.

5. 당장 오늘이라도 인도로 달려가 바라나시의 갠지스 식당에 들러 자

신의 전생을 보게 된 어떤 음악가의 이야기와 함께 자신의 다리뼈로 만든 피리를 불러주는 노인을 만나고 싶다. 인도인은 얼굴이 아니라 영혼을 바라본다는 말이 있는 것처럼 내 영혼의 진짜 모습을 찾아 영혼의 푸른 버스를 타고 다니면서 언제까지나 인도에 살고 싶다는 생각이 간절하다.

6. 그러나 몇 분도 못되어 난 칭얼대는 11개월 된 딸아이를 안고 밖으로 나와야만 했고 2층에서 내려다보이는 들녘은 어느새 누렇게 가을이 물들었고, 그 풍경은 솔직하고 당당한 인도처럼 나와 아이에게 다가오고 있었다.

(가져온 곳 : 미지산, 양평군립도서관, 1997, 95~96쪽)

손현혜 학생이 쓴 독후감

1. 사람들은 때때로 자기가 원하는 방향으로 일이 이루어지지 않았을 때 화를 내곤 합니다. 화를 낸다고 어떻게 다시 바뀌지도 않는다는 것을 알지만 습관적으로 화풀이를 합니다. 하지만 저는 이 책을 읽고 난 뒤 조금 다른 생각을 하게 되었습니다.

2. '하늘 호수로 떠난 여행'이란 책은 '류시화'씨가 인도여행을 한 후 쓴 기행문 형식인데, 그 곳에서 일어난 일을 깨끗한 문장으로 풀어 낸 수필입니다.

3. 그 이야기들 중에 한 이야기가 있습니다.

4. 류시화씨가 인도여행 중 어떤 지방을 거치게 되었습니다. 그런데 그 버스가 어떤 곳에 멈추어 서서는 움직이지를 않는 것이었습니다. 안 그래도 날씨는 푹푹 찌고 사람으로 가득 찬 버스 안에서는 숨쉬기가 곤란한 정도였습니다. 2시간도 넘게 예정에 없이 움직이지 않는 버스 안에서 마침내 류시화씨는 참다참다 분통을 터뜨렸습니다. 그러자 옆에 있는 사람이 이렇게 말했습니다.

5. "여기 당신에게 두 가지 선택이 있습니다. 버스가 떠나지 않는다고 마구 화를 내든지, 버스가 떠나지 않는다 해도 마음을 평화롭게 갖든지 둘 중 하나입니다. 당신이 어느 쪽을 선택하더라도 버스가 떠나지 않는다는 사실엔 변함이 없습니다. 그러니 왜 어리석게 버스가 떠나지 않는다고 화를 내는 쪽을 택하겠습니까?"

6. 그렇습니다. 모든 일은 자기가 마음먹기에 달린 것입니다. 중요한 것은 화를 내던, 내지 않던 그 모든 사실은 변하지 않는다는 것이지요. 자, 우리 모두 조금 기분 나쁜 일이 생기더라도 다른 방향에서 생각해보는 것은 어떨까요?

조남일님이 쓴 독후감에서 그는 '하늘 호수로 떠난 여행'을 읽고 무엇을 느꼈다고 하는데 이에 대한 설명이 아주 없었다고 생각한다.

책을 읽고서 이런저런 느낌이 있으면 그 느낌에 대한 근거와 설명이 있어야 할 것인데 그러한 것이 아주 없었다고 생각한다.

아무튼 두 사람이 쓴 독후감을 각각의 번호와 견주어 살펴보면서 조 남일 님이 쓴 독후감에서 글쓴이가 보는 문제점에 대하여 이야기를 하고자 한다.

'1.'번의 단락은 글의 도입부로 일반인과 학생은 서로 잘 하고 있다고 본다.

'2.'번의 단락은 '하늘 호수로 떠난 여행'이란 책의 내용을 나름대로 짧게 설명하는 것으로 이것도 잘하고 있다고 본다.

'3.'번의 단락은 본론으로 들어가는 것을 표시하는 것으로 여기서도 형식에 맞게 잘하고 있다고 본다.

문제는 이 다음부터인데 학생은 4, 5번 단락의 내용이 구체적으로 매끄럽게 글이 펼쳐지는데 일반인의 글은 내용이 추상적이며 글이 전개가 뒤틀렸다고 생각한다..

먼저 학생의 4번 단락의 내용을 보자!

4번의 내용은 류시화씨가 2시간도 넘게 더운 날씨에 버스안에서 있는 것을 참지 못하고 분통을 터뜨렸다는 것이고 5번의 내용은 주어진 상황에서 어느 쪽을 선택해도 상황은 변하지 않는다는 내용으로 4번과 5번의 내용은 서로 '무더운 버스 안의 상황'을 매개로 서로 이어져 있다는 것이다.

이제는 일반인이 말하는 4, 5번의 단락을 살펴보자.

4번 단락의 첫 번째 문장에서 나오는 '인도인의 단순한 생활'과 '그들이 보여주는 치부'란 것에 대하여 일반인은 아무런 설명이 없다. 그리고 두 번째의 문장에서 보이는 '포기'와 '집착'이란 것에 대한 설명도 없다.

다시 말해서 일반인이 쓴 4번째의 단락을 읽고 독자는 글쓴이가 무엇을 말하는지를 구체적으로 알 수가 없다는 것이다.

본래 4번 단락은 '인도인의 단순한 생활', '그들이 보여주는 치부', '포기', '집착'에 대하여 구체적인 설명을 하고 나서 '인도인의 단순한 생활'과 '그들이 보여주는 치부'의 둘이나 어느 하나를 '포기'와 '집착'의 둘이나 어느 하나와 엮은(글쓴이가 말하는 엮어내기를 하여) 다음에 5번의 단락을 말을 했어야 한다고 본다. 4번 단락의 문제점으로 5번과 6번의 단락에 있는 내용(4번 단락이 잘못이 없었으면 5, 6번의 단락은 아무런 잘못이 없다고 생각함)이 덩달아 모두가 잘못되었다고 본다.

아무튼 5번 단락에서 '인도인은 얼굴이 아니라 영혼을 바라본다.'는 말이 있는데 여기서도 4번 단락에 대한 글쓴이가 짚은 문제점으로 독자는 이 영혼에 대해 뚜렷하게 무슨 뜻의 영혼인지 알 수 없다고 생각한다. 만약에 4번 단락의 첫째 문장에서 보인 '인도인의 단순한 생활'과 '그들이 보여주는 치부'에 대하여 어떤 설명이 있었으면 '인도인은 얼굴이 아니라 영혼을 바라본다.'라는 말의 뜻을 독자는 알 수 있을 것으로 본다. 그리고 5번 단락의 뒤에서 보이는 조남일님의 진짜 영혼에 대하여도 앞의 인도인의 영혼과 같이 독자는 알 수가 없다고 생각한다.

글쓴이는 '글짓기 교실 2'의 결론에서 '암호와 같은 문장'이란 말을 했다.

지금까지 일반인의 4, 5단락에 대한 비판적 설명을 바탕으로 일반인이 쓴 4, 5단락에 있는 문장들의 뜻을 글쓴이(조남호님)는 알 수 있지만 이것을 읽는 독자는 무슨 뜻인지 구체적으로 알 수가 없기에 4, 5단락에 있는 모든 문장들은 '암호와 같은 문장'이라고 생각한다.

마지막으로 6번의 단락에서는 일반인과 학생이 일정한 결론을 내리고 있다.

여기서 학생은 문제가 없으나 일반인에게는 문제가 있다.

그 문제는 4번 단락에서 일어난 문제 때문에 6단락에서 보이는 "2층에서 내려다보이는 들녘은 어느새 누렇게 가을이 물들었고, 그 풍경은 솔직하고 당당한 인도처럼 나와 아이에게 다가오고 있었다." 에서 '풍경'이란 말은 독자가 알 수 있으나 그 다음에 나오는 '솔직하고 당당한 인도처럼'에서 '인도'의 뜻은 독자가 잘 알 수가 없다고 생각한다.

왜냐하면 4번째 단락에서 나온 '인도인의 단순한 생활'과 '그들이 보여주는 치부'란 것에 설명이 없었기 때문이라고 생각한다.

그래서 6번 단락의 문장도 4, 5단락의 문장처럼 '암호와 같은 문장'이 되었다고 생각한다.

지금까지 세 편의 독후감에 대하여 나름대로 살펴보았듯이 박영미 학생과 손현혜 학생은 독후감을 틀에 맞게 글을 써 내려갔다고 생각되고 이 과정에서 박영미 학생은 글쟁이(글짓기 전문가)의 수준으로 여겨지고 손현혜 학생도 거의 같지만 좀 아쉬운 점을 나름대로 조금 고쳐보았다.

　그리고 조남일 님은 '인도인은 얼굴이 아니라 영혼을 바라본다는 말이 있는 것처럼 내 영혼의 진짜 모습을 찾아 영혼의 푸른 버스를 타고 다니면서 언쩨까지나 인도에 살고 싶다는 생각이 간절하다'하는 문장을 지었다.

　이 문장은 글쓴이가 말하는 문장짓기의 틀에서 보면 조남일님은 문장짓기의 실력은 뛰어나다는 생각이 들지만 엮어내기의 실력이 부족하다고 생각한다. 조남일님이 엮어내기의 실력이 부족하다는 것은 앞에서 조남일님의 4번 단락을 비판한 것으로 가름하고자 하는데 조남일님은 엮어내기 실력만 갖추면 좋은 글을 쓸 수 있다고 생각해 본다.

3. 고등학생이 쓴 수필 살펴보기

우리가 자주 잊어 버리는 것

목포 정명여자고등학교 1년 이은선

비가 그치질 않는다. 우산은 교문을 나서자마자 뒤집혀 버렸다. 그 우산을 들면 글쓴이가 초라해 보일 것 같아 버렸다. 횡단보도에서 신호가 바뀌길 기다리는데 흙탕물이 운동화를 적셨다. 어떤 똥차야 하고 두리번거리니 검정 승용차다. 뒷자석엔 같은 반 아이가 앉아 있다. 아마도 엄마가 데려가나 보다. '아빠도 비오는 날에는 교문 앞에서 기다리셨는데' …… 순간 서러움에 눈물이 나왔다.

타박타박 무거운 걸음으로 집에 가니 설거지 할 그릇과 세탁 바구니의 옷가지만이 내 눈에 들어왔다. 나는 책가방을 거칠게 벗어 던지고 목욕탕에 들어갔다. 빗물이 뚝뚝 떨어지는 내 모습이 불쌍하기만 했다. '이게 뭐야. 글쓴이가 뭐 식모야. 왜 나 혼자 반찬걱정하고, 빨래 안 마를 걱정하는 거지, 싫어 싫다구 이은선 너 뭐야. 기껏 살림하려고 비싼 돈 내고 목포에서 학교다녀?' 내 자신의 물음에 난 대답하지 못했다. 결국 한숨만 내쉬다 꺼이꺼이 울기 시작했다. 동생이 들을 것 같아 수도꼭지를 틀었다. 한참을 그러고 있으려니 갑자기 바닥에 흐르는 물이 아깝게 느껴졌다. 거울을 보니 눈물이 더 이상 흐르지 않았다. 수도꼭지를 잠그고 목욕탕을 나오니 동생이 전화를 받으라고 했다.

"은선이냐, 비 안 맞았어? 엄마도 인자 밭에서 왔다."

"시골에는 비 안 내렸어요?"

"비와도 어쩔 것이냐? 할 일은 해야제."

"아빠는 요?"

"놈의 논 갈고 있제, 엄마 널 갈 것인께 금열이 잘 얼려서 밥 먹어라 잉, 힘들어도 그라고 살아야제, 밥 저녁에 하고 일찍 일어나소 잉."

엄마는 분명히 흙 묻은 장화를 신고 마루에 걸쳐 앉아서 물을 드시고 계실 것이다. 난 잠시 내게 부모님이 계시다는 사실을 잊고 있었다. 그리고 나 혼자만 자취하는 것으로 착각했었다. 난 비를 맞던 몇 시간 전이나 지금이나 행복하다. 비를 맞았다고 감기에 걸린 것도 아니며 전화를 직접 받을 만큼 건강하기 때문이다.

(가져온 곳 : 문목. 목포시립도서관 발간, 1999년, 156~157쪽)

위의 글은 대체로 글의 흐름이 좋았다고 보기에 글쓴이로서는 꼬집을 만한 것은 없지만 상황과 상황을 엮어내지 못한 것이 좀 아쉬울 뿐이다.

위의 글은 비를 시작으로 승용차와 서러움, 식모(?)와 눈물, 엄마와 엄마의 흙 묻은 장화들의 장면이 이어지며 비록 뒤집힌 우산을 버려서 비를 맞았지만 지금 건강하기에 행복하다는 내용인데 승용차, 식모, 엄마의 각 상황이 서로 엮어져서 이야기가 흘러가지 못하고 단순히 각 상황이 시간적 흐름에 따라 앞뒤로 하여 한 줄에 나란히 이어(늘어) 놓기만 한 것이 글쓴이가 아쉽다고 생각하는 것이다.

다음은 글쓴이가 그냥 '세 가지'의 각 상황을 나름대로 설정해 놓고 각 상황을 서로 엮어서 이야기가 흘러가는 글의 '보기'로 고등학생 때를 되새기며 상상하여 써 본 '일기'이다.

나는 으레 아침을 6시 30분쯤에 먹는다. 오늘도 어머니는 5시 30분에 일어나셔서 아침을 지으셨다. 아침을 먹고 있는데 오늘 따라 창문사이로 햇살이 들어오는 것을 느끼어 창문 쪽으로 바라보다가 어머니 손등에 있는 물방울에서 무지개 빛깔이 보였다. 그 무지개 빛깔은 순간 나로 하여금 무슨 의욕과 식욕을 느끼게 하여 세 숟가락이나 평소보다 밥을 더 먹었다. 밥을 다 먹고 나서 어머니로부터 도시락을 건네 받으며 어머니의 눈과 마주쳤다. 어머니의 눈가에 잔주름이 보였다.

학교에서 4교시의 수업을 마치고 드디어 점심시간이 되었다. 도시락을 먹으며 옆자리를 보니 짝꿍 녀석은 반찬으로 골뱅이를 먹고 있었다. 골뱅이는 입맛을 돋구는 것이니 나도 한 개라도 먹고 싶다. 그러나 골뱅이

는 비싼 것이다. 골뱅이 때문에 아침에 일어났던 식욕이 점심에는 의욕
상실로 바뀌었다.

　지금은 집이고 현재시간은 일곱시이다. 누워서 오늘 하루를 생각해 본
다. 어머니의 손등위에 있던 무지개빛깔과 어머니 눈가의 주름살 그리고
맛나는 그 골뱅이의 삼감함수(?)를 푸는 방법은 없을까? 테레비 연속극
의 주인공처럼 소설의 주인공처럼 나도 생각에 잠겨본다.

　나는 현재 학생이다. 그리고 이팔청춘이다. 지금은 무지개빛깔만 생각
하자, 어머니 눈가의 주름살과 골뱅이는 다음에 생각하자! 그렇다! 나는
컴퓨터에 관심이 있으니 컴퓨터언어공부와 학교공부를 열심히 하자! 공
부에서 무지개 빛깔을 찾아야 하는 것이 삼각함수를 푸는 방법이다.

　공부에서 무지개 빛깔을 찾아야 한다고 다짐하지만 골뱅이가 눈에
아른거리며 눈까풀을 내린다.

　위의 일기에서는 무지개빛깔과 어머니의 주름, 골뱅이의 세 상황
이 있다.

　일기의 중간에서 아침을 먹으면서 일어난 '무지개빛깔의 상황'과
점심시간에서 생긴 '골뱅이의 상황'을 엮어서 "골뱅이 때문에 아침에
일어났던 식욕이 점심에는 의욕상실로 바뀌었다."고 했다.

　학생의 글에서 아래와 같은 구절이 있다.

　내 자신의 물음에 난 대답하지 못했다.
　결국 한숨만 내쉬다 꺼이꺼이 울기 시작했다.

　위의 구절은 친구가 자가용을 타고 집에 가는 장면과 「'아빠도
비오는 날에는 교문 앞에서 기다리셨는데' …… '순간 서러움에 눈물
이 나왔다.'」는 과거의 회상장면과 현재의 학생이 식모처럼 되었다는
장면과 관계되는 구절이지만 학생은 친구의 승용차와 자신이 현실에
서 식모처럼 된 상황 그리고 아버지에 대한 회상의 장면을 함께 엮어
놓은 구절이 학생의 글에서는 없다.

글쓴이는 앞에서 글쓴이가 상상해서(?) 쓴 일기에서 무지개빛깔의 상황과 골뱅이의 상황을 엮어 놓은 '보기'로 "골뱅이 때문에 아침에 일어나던 식욕이 점심에는 의욕상실로 바뀌었다."는 말을 했다.

글쓴이는 학생이 말한 것인 "내 자신의 물음에 난 대답하지 못했다. 결국 한숨만 내쉬다 꺼이꺼이 울기 시작했다."라는 구절에 친구의 승용차 상황, 아버지에 대한 회상의 상황, 학생이 식모처럼 느끼는 상황을 엮어서 아래와 같이 표현해 보는데 밑줄 친 부분은 글쓴이가 끼워 놓은 구절이다.

내 자신의 물음에 난 대답하지 못했<u>지만 이때 갑자기 중학교시절에 비오는 날이면 이따금 아빠가 차를 가지고 교문으로 오셨던 날(이 상황은 학생이 앞에서 말한 상황임)에는 지금과 같은 식모가 아니라 나도 남 부럽지 않은 공주(이 상황은 글쓴이가 상상하여 쓴 상황임)였는데 하고 지난 날을 생각하니 아빠의 얼굴이 떠오른다. 아빠의 얼굴은 곧바로 그 리움으로 바뀌며 결국 나의 현실에 대한</u> 한숨만 내쉬다 꺼이꺼이 울기 시작했다.

그리고 학생의 결론 부분에 나오는 글을 보면 "난 비를 맞던 몇 시간 전이나 지금이나 행복하다. 비를 맞았다고 감기에 걸린 것도 아니며 전화를 직접 받을 만큼 건강하기 때문이다."라고 글을 맺고 있다.

만약에 위의 글을 쓴 학생이 초등학생이라면 위의 결론정도로 잘 쓴 글이라고 볼 수 있지만 고등학생이 쓴 글로서는 좀 아쉽다고 생각한다.

행복한 까닭이 단순히 뭘할 만큼의 건강 때문이라고 추상적으로 말할 것이 아니라 좀더 구체적으로 말했어야 했다고 본다.

앞에서 말했듯이 위의 글은 비를 시작으로 승용차와 서러움, 식모(?)와 눈물, 엄마와 흙 묻은 장화들의 장면이 이어지며 비록 뒤집힌 우산을 버려서 비를 맞았지만 지금 건강하기에 행복하다는 내용이다.

위의 글의 결론이 제대로 되려면 학생이 뜻하는 '행복'과 승용차(서러움), 식모(눈물), 엄마(흙 묻은 장화)의 세 요소를 동시에 연결시키든지 아니면 이 가운데 하나만이라도 엮어서(글짓기의 엮어내기) "나(학생)는 행복하다"고 말을 했어야 했다고 본다.

글쓴이는 글쓴이가 상상하여 쓴 일기의 결론부분에서 엄마의 손등위에 보인 무지개 빛깔과 엄마의 주름살 그리고 점심시간 골뱅이의 상황을 엮으면서 나름대로 결론을 내리는 과정에서 "어머니의 손등위에 있던 무지개빛깔과 어머니 눈가의 주름살 그리고 맛나는 그 골뱅이의 삼감함수(?)를 푸는 방법은 없을까?"하면서 "어머니 눈가의 주름살과 골뱅이는 다음에 생각하자!"라는 말을 덧붙이고 "공부에서 무지개빛깔을 찾아야 하는 것이 삼각함수를 푸는 방법이다."라는 투로 공부와 무지개발 빛깔을 엮어 놓았다.

이를테면 학생이 쓴 글의 결론 부분인 "난 비를 맞던 몇 시간 전이나 지금이나 행복하다. 비를 맞았다고 감기에 걸린 것도 아니며 전화를 직접 받을 만큼 건강하기 때문이다."이란 말에서 '학생의 행복'을 '엄마'와 연결시켜서 다음과 같이 글쓴이는 결론을 맺어 보는데 아래의 단락에서 밑줄 친 부분은 글쓴이가 끼워 넣은 부분이다.

난 비를 맞던 몇 시간 전이나 지금이나 행복하다. 비를 맞았다고 감기에 걸린 것도 아니며 전화를 직접 받을 만큼 건강하기에 <u>나의 꿈인 컴퓨터프로그래머을 위해 지금과 같이 열심히 공부를 해서 대학에 들어가 졸업하기 전에 엄마에게 전화로 "나는 컴퓨터프로그래머 자격증을 땄다"는 말을 할 수 있는 자신감이 있기 때문에 지금의 상황에서도 나는 행복하다.</u>

위의 단락에서 글쓴이는 학생의 꿈을 컴퓨터프로그래머로 설정하고 이 상황을 학생의 어머니가 흙 묻은 장화를 신고 학생의 뒷바라지를 위해서 일하시는 상황과 엮어서 어머니가 흙 묻은 장화를 신고 일하시는 땀이 이 다음에 학생이 컴퓨터프로그래머의 자격증을 따는 열매로 바뀌는 이야기를 나름대로 말하려고 했다.

이제까지 학생이 쓴 글과 글쓴이가 상상하여 쓴 일기를 비교하면서 글쓴이가 '글짓기 교실 3'에서 말한 '엮어내기'의 틀로 나름대로 설명해 보았는데 아무튼 일정한 소재와 줄거리가 있어도 엮어내기를 잘 하지 못하면 또는 엮어내기를 하지 않고 단순히 학생처럼 이어놓기만 하면 글이 밋밋하게 느껴진다고 생각한다.

다음은 이제까지 이은선 학생의 글을 비판하고 고친 것을 정리한 것이다.

원본의 글과 비교해 주기를 바라는 마음이다.

고친 글

비가 그치질 않는다. 우산은 교문을 나서자마자 뒤집혀 버렸다. 그 우산을 들면 글쓴이가 초라해 보일 것 같아 버렸다. 횡단보도에서 신호가 바뀌길 기다리는데 흙탕물이 운동화를 적셨다. 어떤 똥차야 하고 두리번거리니 검정 승용차다. 뒷자석엔 같은 반 아이가 앉아 있다. 아마도 엄마가 데려가나 보다. '아빠도 비오는 날에는 교문 앞에서 기다리셨는데' …… 순간 서러움에 눈물이 나왔다.

타박타박 무거운 걸음으로 집에 가니 설거지 할 그릇과 세탁 바구니의 옷가지만이 내 눈에 들어왔다. 나는 책가방을 거칠게 벗어 던지고 목욕탕에 들어갔다. 빗물이 뚝뚝 떨어지는 내 모습이 불쌍하기만 했다. '이게 뭐야. 글쓴이가 뭐 식모야. 왜 나 혼자 반찬걱정하고, 빨래 안 마를 걱정하는 거지, 싫어 싫다구 이 은선 너 뭐야. 기껏 살림하려고 비싼 돈 내고 목포에서 학교 다녀?'

내 자신의 물음에 난 대답하지 못했지만 이때 갑자기 중학교시절에 비오는 날이면 이따금 아빠가 차를 가지고 교문으로 오셨던 날(이 상황은 학생이 앞에서 말한 상황임)에는 지금과 같은 식모가 아니라 나도 남부럽지 않은 공주(이 상황은 글쓴이가 상상하여 쓴 상황임)였는데 하고 지난 날을 생각하니 아빠의 얼굴이 떠오른다. 아빠의 얼굴은 곧바로 그리움으로 바뀌며 결국 나의 현실에 대한 한숨만 내쉬다 꺼이꺼이 울기 시작했다.

동생이 들을 것 같아 수도꼭지를 틀었다. 한참을 그러고 있으려니 갑자기 바닥에 흐르는 물이 아깝게 느껴졌다. 거울을 보니 눈물이 더 이상 흐르지 않았다. 수도꼭지를 잠그고 목욕탕을 나오니 동생이 전화를 받으라고 했다.

"은선이냐, 비 안 맞았어? 엄마도 인자 밭에서 왔다."

"시골에는 비 안 내렸어요?"

"비와도 어쩔 것이냐? 할 일은 해야제."

"아빠는 요?"

"놈의 논 갈고 있제, 엄마 낼 갈 것인께 금열이 잘 얼려서 밥 먹어라 잉, 힘들어도 그라고 살아야제, 밥 저녁에 하고 일찍 일어나소 잉."

엄마는 분명히 흙 묻은 장화를 신고 마루에 걸쳐 앉아서 물을 드시고 계실 것이다. 난 잠시 내게 부모님이 계시다는 사실을 잊고 있었다. 그리고 나 혼자만 자취하는 것으로 착각했었다.

난 비를 맞던 몇 시간 전이나 지금이나 행복하다. 비를 맞았다고 감기에 걸린 것도 아니며 전화를 직접 받을 만큼 건강하기에 나의 꿈인 컴퓨터프로그래머을 위해 지금과 같이 열심히 공부를 해서 대학에 들어가 졸업하기 전에 엄마에게 전화로 "나는 컴퓨터프로그래머 자격증을 땄다"는 말을 할 수 있는 자신감이 있기 때문에 지금의 상황에서도 나는 행복하다.

셋째 마당.
논술 교실

1. 중등부 논술(문장짓기)

'롯봇'은 과학의 부산물일 뿐이다.(장려상)

온고을중학교 3의 1반 최 민

18세기 산업혁명. 그것은 인류에게 있어서 커다란 변화를 가져왔다. 인간대신 기계가 대량 생산하게 됨에 따라 경제성장이 촉진되었다. 더불어 과학에 대한 관심이 높아졌고 경제 못지 않게 과학이 발달했다. 과학자들은 생활에서 자주 접할 수 있는 것부터 기계화시키기 시작했다. 그러나 '과학의 발달이 과연 인류에게 도움만 줄 것인가?'라는 문제가 또 다시 부각되고 있다.

인간의 끊임없는 욕구는 '로봇'이라는 새로운 형태의 기계개발을 착수하게 만들었다. 아주 초보적 단계였던 로봇은 해를 거듭할수록 발전을 거듭하여 현재는 산업현장 곳곳에서 사용되고 있다.

'로봇은 인간이 입력한 그대로의 행위만을 기억 실행하기 때문에 믿어도 괜찮아', '인간보다 훨씬 정확해', '로봇이 알아서 하겠지', 하는 생각은 로봇이 인간의 모든 활동을 대신해 줄 것이라는 오류를 범하게 된다. 필자는 이러한 생각이 인간을 사회에서 삶을 사는 주체가 아닌 '객체'로 만들 수도 있다고 생각한다. 주체가 아닌 객체로서의 인간은 테레비에 나오는 공상 과학영화처럼 로봇의 지배를 받게 될지도 모른다. 아직까지는 로봇이 가정 내에는 보급되지 않고 있다. 하지만 가정에서도 로봇이 실용화될 경우 역시 생각해 봐야할 문제이다. 인간 소외현상이 더욱 심각해지지는 않을까? 극단적으로 말하자면, 인간은 집에서 모든 것을 해결할 수 있기 때문에 밖에 나가지도 않을 것이며 대인관계란 존재하지 않을 것이다. 즉 인간은 '사회적 동물'이 아닌 '로봇이나 기계와 함께 하는 생물'이 되어버릴 지도 모른다.

인간은 끊임없는 욕구와 창조정신을 가지고 있다. 그로 인해 인간이 과학을 발전시키게 될 것이다. 하지만 '로봇'은 과학의 발달에 따른 부산물일 뿐이다. 인간이 삶의 객체가 되고, 인간이 인간을 소외하는 세상은 더 이상의 인간 사회가 아니라고 생각한다.

로봇을 비롯한 기계문명들은 인류 발전의 도구일 뿐 그것이 전부가 될 수 없음과 과학의 진정한 의미를 알아야 하겠다.

(가져온 곳 : 온고을 글터, 전주시립도서관 발행, 1999년, 132〜134쪽.)

위의 글을 읽다 보면 짧은 문장이 많이 보인다.

초등학교 1, 2학년의 학생이 써놓은 일기를 보면 "나는 8시에 일어났다. 8시 20분에 밥을 먹었다. 9시에 학교에 도착하였다."라는 문장들을 볼 수 있다. 이런 문장들을 고학년의 초등생이나 중학교 이상의 학생들은 대체로 "나는 8시에 일어나서 8시 20분에 밥을 먹고 학교에는 9시에 도착하였다."라고 한 문장으로 나타내고 있으며 이렇게 나타내는 것이 좋다고 생각한다.

최민 학생의 글에는 한 문장으로 나타낼 수 있는 것을 몇 개의 문장으로 나타낸 것이 자주 보였고 최민 학생이 지어 놓은 문장을 들여다보면 그 문장에서 최민 학생이 사용하는 낱말은 중학교 수준 내지는 그 이상의 수준이라고 생각하지만 문장의 형식수준은 초등학생 수준의 정도로 보였다고 글쓴이는 생각한다.

문장의 형식수준을 높이려면 여러 책을 보고 자신의 마음에 드는 여러 가지의 표현을 독서공책(?)에 적어두고서 이것을 자주 외우다 보면 어느 날부터는 문장짓기의 수준이 높아진다고 보는데 글쓴이의 경우에는 독서공책에 내 나름대로 적어놓은 분량이 25쪽을 앞뒤로 하여 문장짓기(글짓기 교실 2(문장짓기)를 참조)의 수준이 높아졌다고 말했다.

다음 다락에서 보이는 짧은 문장을 긴 문장으로 표현해 보고자 한다.

고치기 전의 단락

18세기 산업혁명. 그것은 인류에게 있어서 커다란 변화를 가져왔다. 인간대신 기계가 대량 생산하게 됨에 따라 경제성장이 촉진되었다. 더불어 과학에 대한 관심이 높아졌고 경제 못지 않게 과학이 발달했다. 과학자들은 생활에서 자주 접할 수 있는 것부터 기계화시키기 시작했다. 그러나 '과학의 발달이 과연 인류에게 도움만 줄 것인가?'라는 문제가 또 다시 부각되고 있다.

고친 후의 단락

18세기 산업혁명.

그것은 인류에게 있어서 커다란 변화를 가져왔다.

인간대신 기계가 물품을 대량 생산하게 됨에 따라 경제성장이 촉진되었고 더불어 과학에 대한 관심이 높아졌고 경제 못지 않게 과학이 발달했다. 과학자들은 생활에서 자주 접할 수 있는 것부터 기계화시키기 시작했지만 '과학의 발달이 과연 인류에게 도움만 줄 것인가?'라는 문제가 또 다시 부각되고 있다.

다음의 단락에서 밑줄 친 부분도 긴 문장으로 나타내는 것이 좋을 듯하다고 생각한다.

인간의 끊임없는 욕구는 '로봇'이라는 새로운 형태의 기계개발을 착수하게 만들었다. 아주 초보적 단계였던 로봇은 해를 거듭할수록 발전을 거듭하여 현재는 산업현장 곳곳에서 사용되고 있다. '로봇은 인간이 입력한 그대로의 행위만을 기억 실행하기 때문에 믿어도 괜찮아', '인간보다 훨씬 정확해', '로봇이 알아서 하겠지', 하는 생각은 로봇이 인간의 모든 활동을 대신해 줄 것이라는 오류를 범하게 된다. 필자는 이러한 생각이 인간을 사회에서 삶을 사는 주체가 아닌 '객체'로 만들 수도 있다고 생각한다. 주체가 아닌 객체로서의 인간은 테레비에 나오는 공상 과학영화처럼 로봇의 지배를 받게 될지도 모른다. 아직까지는 로봇이 가정 내에는 보급되지 않고 있다. 하지만 가정에서도 로봇이 실용화될 경우 역시 생각해 봐야할 문제이다. 인간 소회현상이 더욱 심각해지지는 않을까? 극단적으로 말하자면, 인간은 집에서 모든 것을 해결할 수 있기 때문에 밖에 나가지도 않을 것이며 대인관계란 존재하지 않을 것이다. 즉 인간은 '사회적 동물'이 아닌 '로봇이나 기계와 함께 하는 생물'이 되어버릴 지도 모른다.

위의 단락에서 밑줄 친 부분을 각각 아래와 같이 고쳐본다.

아주 초보적 단계였던 로봇은 해를 거듭할수록 발전을 거듭하여 현재
는 산업현장 곳곳에서 사용되고 있는 로봇에 대하여 사람들이(여기서 밑
줄 친 부분은 글쓴이가 두 문장을 이으면서 덧붙인 것임) '로봇은 인간
이 입력한 그대로의 행위만을 기억 실행하기 때문에 믿어도 괜찮아', '인
간보다 훨씬 정확해', '로봇이 알아서 하겠지', 하는 생각은 로봇이 인간
의 모든 활동을 대신해 줄 것이라는 오류를 범하게 된다.
　아직까지는 로봇이 가정 내에는 보급되지 않고 있지만 가정에서도 로
봇이 실용화될 경우 역시 생각해 봐야할 문제로 이렇게(실용화) 되면 인
간 소회현상이 더욱 심각해지지는 않을까?

　최민 학생글에 대하여 비판한 사항은 맛보기로 한 것이고 아래의
단락에 대한 것은 좀 묵직한 비판이 될 것으로 생각한다.

　인간은 끊임없는 욕구와 창조정신을 가지고 있다. 그로 인해 인간이
과학을 발전시키게 될 것이다. 하지만 '로봇'은 과학의 발달에 따른 부산
물일 뿐이다. 인간이 삶의 객체가 되고, 인간이 인간을 소외하는 세상은
더 이상의 인간 사회가 아니라고 생각한다.
　로봇을 비롯한 기계문명들은 인류 발전의 도구일 뿐 그것이 전부가
될 없음과 과학의 진정한 의미를 알아야 한다.

　위의 단락은 글의 결론부분이다.
　최민 학생은 앞에서 주욱 18세기의 산업혁명, 과학의 발달, 로봇,
주체, 객체, 인간소외 현상이란 개념을 '엮어서'(글짓기 교실 3(엮어내
기)) 위의 단락의 바로 앞 단락에서 끝 문장인 "즉 인간은 '사회적 동
물'이 아닌 '로봇이나 기계와 함께하는 생물'이 되어버릴 지도 모른
다"고 하는 데까지는 글의 흐름이 좋았다고 생각하지만 이 글의 결론
단락인 위의 단락에는 문제점이 있다고 생각한다.
　사람들은 이야기를 할 때나 글을 쓸 때 '갖다 붙인다.' 또는 '그
냥 아무거나 갖다 붙이지 마'라는 말을 하는 경우가 있는데 위의 단

락에는 최 민 학생이 글의 흐름과 관계가 없는 것을 그냥 갖다 붙여
놓은 내용이 있다고 생각한다.

그 내용은 아래와 같이 세 문장이라고 생각한다.

1. 하지만 '로봇'은 과학의 발달에 따른 부산물일 뿐이다.
2. 인간이 삶의 객체가 되고, 인간이 인간을 소외하는 세상은 더 이상
   의 인간 사회가 아니라고 생각한다.
3. 로봇을 비롯한 기계문명들은 인류 발전의 도구일 뿐 그것이 전부가
   될 수 없음과 과학의 진정한 의미를 알아야 하겠다.

먼저 1.번의 문장을 살펴보면 로봇은 과학의 부산물이라는 것에
글쓴이도 같은 생각이지만 "주체가 아닌 객체로서의 인간은 테레비에
나오는 공상 과학영화처럼 로봇의 지배를 받게 될지도 모른다(본문에
서 나온 것임)."라는 말처럼 로봇과 인간의 관계에서 로봇이 주체가
되어 '인간 소외현상이 더욱 심각해져서(본문에서)' 로봇은 더 이상
인간을 도와주는 것이 아니라 인간을 부려먹는 것이 되는데 이러한
로봇을 과학의 발달에 따른 부산물일 뿐이라고 말하는 것은 뭔가를
최 민 학생이 논리착오를 일으켰거나 아니면 대충 얼버무리려고 갖다
붙여놓으려는 심리가 있었다고 본다.

2.번 문장을 살펴볼 때 1.에 따르면 로봇은 과학의 부산물일 뿐인
데 왜 "인간이 삶의 객체가 되고"라는 말을 하는 것일까?

그리고 2.에서는 "인간이 인간을 소외하는 세상은 더 이상의 인
간 사회가 아니라고 생각한다."라는 말이 보인다.

본론에서는 인간과 로봇 사이에서 누가 주체이고 객체가 되는가
라는 말을 했지 인간이 인간을 소외시키는 말은 나오지 않았다.

인간과 로봇이 함께 하는 세상에서 '로봇을 통제하는 인간'과 '로
봇에 통제되는 인간'이 나올 수 있기에 '인간이 인간을 소외시키는

일’이 일어날 수 있으나 최민 학생은 본론에서 인간과 로봇과 관계를 다루어놓고 결론에서 뜬금없이 인간이 인간을 소외시키는 것을 이야 기하는 것은 논술내용과 거리가 너무나 멀어서 잘못된 문장이라고 생 각한다.

글쓴이는 3.번 문장을 보고 글쓴이는 “로봇을 비롯한 기계문명들 은 인류 발전의 도구일 뿐 그것이 전부가 될 수 없음과”까지는 “하지 만 ‘로봇’은 과학의 발달에 따른 부산물일 뿐이다”라는 문장에 잘못이 있는 것과 같은 흐름으로 잘못이 있다고 생각한다.

그리고 “과학의 진정한 의미를 알아야 하겠다”는 “인간이 인간을 소외하는 세상은 더 이상의 인간 사회가 아니라고 생각한다.”라는 말 에 잘못이 있는 것과 같은 흐름으로 잘못이 있다고 생각하며 3.에 대하여는 설명을 여기서 줄인다.

최민 학생은 본론에서 ‘오류’라는 말을 했는데 최민 학생은 결론 을 내리기 전까지는 학생의 글에서는 ‘오류’가 없었다고 글쓴이는 생 각하는데 앞에서 살펴본 바와 같이 결정적인 순간인 결론에서 오류를 일으켜서 최 민 학생 스스로는 다 된 밥에 재를 스스로 뿌리는 일을 저질렀다고 생각한다.

최민 학생이 쓴 글에서 본론의 내용이 인간과 로봇과의 관계에서 인간이 로봇의 객체가 되어 인간이 소외되는 상황은 일어나지 말아야 한다는 투로 말했으니까 결론은 인간이 로봇의 객체가 되지 않도록 하는 대책을 마련해야 한다는 투가 되어야 할 것이라고 생각하고 글 쓴이는 최민 학생이 내린 결론부분의 내용을 아래와 같이 고쳐놓았 다.

인간의 끊임없는 욕구와 창조정신을 가지고 있다. 그로 인해 인간은 과학을 발전시키게 될 것이며 현재의 상태라면 이와 함께 로봇도 같이 발전하면서 인간이 삶의 객체적 존재로서 살아가는 것이 현실화될 것으로 예상된다. 이에 미래사회에서 로봇과 인간의 관계가 인간이 삶의 객체적 존재로 이어지지 않도록 하는 안전장치을 찾아내는 것도 과학에서 찾아야 한다고 보기에 과학자들은 지금부터 이에 대비하면서 로봇에 대한 성능향상에 따른 안전장치를 생각하여야 할 것으로 본다.(원본을 거의 뜯어 고쳤고 밑줄 친 부분이 고친 것이고 밑줄이 없는 부분은 원분에서 있던 문구임)

　인간은 끊임없는 욕구와 창조정신을 가지고 있다. 그로 인해 인간이 과학을 발전시키게 될 것이다. 하지만 '로봇'은 과학의 발달에 따른 부산물일 뿐이다. 인간이 삶의 객체가 되고, 인간이 인간을 소외하는 세상은 더 이상의 인간 사회가 아니라고 생각한다.
　로봇을 비롯한 기계문명들은 인류 발전의 도구일 뿐 그것이 전부가 될 수 없음과 과학의 진정한 의미를 알아야 한다.(원본의 글)

　아래의 글은 이제까지 첨삭한 것을 글쓴이가 정리해 놓은 것으로 원본과 비교해보기를 바라는 마음이다.

　18세기 산업혁명.
　그것은 인류에게 있어서 커다란 변화를 가져왔다.
　인간대신 기계가 물품을 대량 생산하게 됨에 따라 경제성장이 촉진되었고 더불어 과학에 대한 관심이 높아졌고 경제 못지 않게 과학이 발달했다. 과학자들은 생활에서 자주 접할 수 있는 것부터 기계화시키기 시작했지만 '과학의 발달이 과연 인류에게 도움만 줄 것인가?'라는 문제가 또 다시 부각되고 있다.(원본에서 밑줄친 부분만 고침)
　인간의 끊임없는 욕구는 '로봇'이라는 새로운 형태의 기계개발을 착수하게 만들었다.
　아주 초보적 단계였던 로봇은 해를 거듭할수록 발전을 거듭하여 현재는 산업현장 곳곳에서 사용되고 있는 로봇에 대하여 사람들이(여기서 밑줄친부분은 글쓴이가 두 문장을 이으면서 덧붙인 것임) '로봇은 인간이 입력한 그대로의 행위만을 기억 실행하기 때문에 믿어도 괜찮아', '인간보다 훨씬 정확해', '로봇이 알아서 하겠지', 하는 생각은 로봇이 인간의 모든 활동을 대신해 줄 것이라는 오류를 범하게 된다.(원본에서 밑줄친 부분만 고침)

필자는 이러한 생각이 인간을 사회에서 삶을 사는 주체가 아닌 '객체'로 만들 수도 있다고 생각한다. 주체가 아닌 객체로서의 인간은 테레비에 나오는 공상 과학영화처럼 로봇의 지배를 받게 될지도 모른다.(원본 그대로 옮김)

아직까지는 로봇이 가정 내에는 보급되지 않고 있지만 가정에서도 로봇이 실용화될 경우 역시 생각해 봐야할 문제로 이렇게 되면 인간 소회 현상이 더욱 심각해지지는 않을까?(원본에서 밑줄친 부분만 고침)

극단적으로 말하자면, 인간은 집에서 모든 것을 해결할 수 있기 때문에 밖에 나가지도 않을 것이며 대인관계란 존재하지 않을 것이다. 즉 인간은 '사회적 동물'이 아닌 '로봇이나 기계와 함께 하는 생물'이 되어버릴 지도 모른다.(원본을 그대로 옮김)

인간의 끊임없는 욕구와 창조정신을 가지고 있다. 그로 인해 인간은 과학을 발전시키게 될 것이며 현재의 상태라면 이와 함께 로봇도 같이 발전하면서 인간이 삶의 객체적 존재로서 살아가는 것이 현실화될 것으로 예상된다. 이에 미래사회에서 로봇과 인간의 관계에서 인간이 삶의 객체적 존재로 이어지지 않도록 하는 안전장치를 찾아내는 것도 과학에서 찾아야 한다고 보기에 과학자들은 지금부터 이에 대비하면서 로봇에 대한 성능향상에 따른 안전장치를 생각하여야 할 것으로 본다.(원본을 거의 뜯어 고쳤고 밑줄친 부분이 고친 것이고 밑줄이 없는 부분은 원본에서 있던 문구임)

최민 학생의 논술에 대한 비판은 이것으로 마치고 다음은 중등부 논술경시대회에서 우수상을 받은 것을 살펴보며 중등부 논술을 마치고자 한다.

끝없는 욕망의 욕심의 끝…

근영여중 전소라

사람은 끝없는 욕망과 욕심을 가지고 있다. 그 욕망과 욕심의 끝을 풍자한 글이 모파상의 '목걸이'이다. 누구나 가지고 싶어하는 부와 명예…… 충분한 위치와 부를 누리고 있음에도 불구하고 더 큰 것을 바라는 인간들…… 남보다 더 좋은 물건을 지니고 싶어하고 그것을 보란 듯이 뽐내고 싶어하고 나보다 뒤지고 싶어하지 않는 것이 우리들의 심리가 아닐까?

'목걸이'의 주인공인 '마치르드'가 그 예이다. 자신의 삶에 만족하지 못하고 허황된 욕심을 부려 충분한 변화시킬 수 있었던 자신의 삶을 스스로 망치게 만들었다. 짧은 시간을 위해, 자신의 삶의 아주 작은 일부를 위해 빌려간 진주목걸이. 그 진주 목걸이를 잃어버림과 동시에 마치르드 삶도 사라져 버렸다. 그 파티에 가기 위해 자신의 형평은 생각하지 않고 욕심을 부린 결과였다. 그 목걸이를 오랜 고생 끝에 샀지만 잃어버렸던 그 목걸이는 가짜였다는 것.

목걸이라는 책을 읽어보면 허무함이라는 단어가 떠오를 것이다. 가짜 목걸이 즉, 허황된 욕심과 바꿔 버린 자신의 삶. 불쌍하기보다는 너무 큰 욕심을 부린 대가라고 생각된다. '지난친 욕심은 화를 부른다'라는 말과 일치하지 않은가?

마치르드와 같은 사람은 우리 주위에 너무 많다. 부를 누리기 위해 수단과 방법을 가리지 않는 사람들 돈을 얻기 위해 자신의 자식을 다치게 하는 등 인간의 마음은 욕심과 욕망으로 가득차 메말라 가고 있는 것은 아닐까? 왜 지금 자신의 모습에 만족하지 못하고 욕심을 부리는 것일까? 더 나은 삶을 살아가기 위해 충분한 지금의 모습을 버리고 끊임없는 욕심을 부리는 것인가? 자신의 삶의 목표가 부를 누리기 위해서라면 그것은 더 나은 삶을 살기 위해 앞으로 전진하는 것이 아니다. 나은 삶을 살아가는 건 부를 부리는 것이 목적이 아니라 자신의 삶에 최선을 다하며 보람되고 뜻깊게 사는 것이 목적이어야 한다. 가난했지만 열심히 노력해 좀더 나은 생활을 하게 된 것이 글쓴이가 말하는 것의 예이다.

이 글을 쓰고 있는 나도 또 이 글을 읽고 있는 노력해 좀더 나은 생활을 하게 된 것이 글쓴이가 말하는 것의 예이다. 여러분은 어떤 삶을 살아가고 싶을까?

　목걸이의 마치르드와 같이 자신의 삶을 욕심과 맞바꾸어 그 대가를 치르며 살아갈 것인가 아님 부를 누리기 보다 보람되고 뜻깊은 삶을 살아갈 것인가? 자신의 삶은 자신이 만들 듯이 선택하는 것도 자기 자신이다. 학생이란 신분에서는 공부에 대한 욕심이 필요하다. 하지만 이 욕심이 커서 어른이 되었을 때 불필요해졌다면 버릴 수 있는 사람이 되어야지 않을까? 자신의 삶에 만족하지 못하고 욕심을 부리기보다 자신의 지금 모습에 충실하게 노력해 보람된 삶을 선택해 살아가는 것이 어떨지.. 삶의 목적이 부를 누리는 게 아니라, 부를 쫓아가는 것이 아니라 노력한 삶에는 반드시 그 대가가 찾아오듯이 돈을 쫓기보단 돈이 찾아오게 만드는 삶이 되어야 하지 않을까?

　허황된 욕심과 욕망의 끝은 그다지 밝지 못하다. 어두운 삶에 쫓아가기보다는 밝은 빛이 드는 삶을 찾아가야 하지 않을까? 그 빛은 자신의 선택과 행동에 달려있다.

　　　　　(가져온 곳 : 온고을 글터, 전주시립도관, 2000년, 81～83쪽.)

　위의 글은 독후감이다.

　하지만 위의 글은 글쓴이가 생각하기에 글의 흐름이 논술적이라고 생각하여 위의 글을 중학생 논술에 대해 설명하기 위해서 가져왔다.

　이렇게 한 까닭은 두 가지이다.

　한 가지는 글쓴이가 중학생 논술에 대한 이야기하기 위해서 글쓴이가 살펴본 어느 논술경시대회작품 가운데에서는 제대로 된 논술을 찾지 못해서 독후감을 가지고 논술을 설명하는 것이고 또 따른 한 가지는 이 독후감에는 글쓴이가 '글짓기 교실 2'에서 말했던 '네 가지 문장'의 유형이 보여서 이 독후감을 가지고 중학생 논술에 대한 첨삭 설명의 '보기'로 가져온 것이다.

　전소라 학생이 쓴 윗글에 대하여 글쓴이가 보는 입장에서는 부분적으로 조금 아쉬운 점이 있으나 눈에 띌 정도는 아닌 것 같아 보여 윗글에 대하여는 논술의 틀에 맞게 잘 쓴 글이라고 점수를 주고 싶다.

윗글을 통해서 글쓴이가 '글짓기교실 2(문장짓기)'의 결론에서 말한 네 가지의 문장유형에 대해서 그리고 '논술의 틀(흐름)'에 대하여 말고자 한다.

윗글에는 글짓기교실 2(문장짓기)의 결론에서 글쓴이가 말한 네 가지 유형의 문장이 보인다.

첫째로 '단순히 사실을 전달하는 평범한 문장'은 당연히 있는 것이기에 이에 대하여는 말할 필요가 없다.

둘째로 '낱말 같은 문장'은 아래단락의 밑줄 친 문장이다.

목걸이라는 책을 읽어보면 허무함이라는 단어가 떠오를 것이다. 가짜 목걸이 즉, 허황된 욕심과 바꿔 버린 자신의 삶. 불쌍하기보다는 너무 큰 욕심을 부린 대가라고 생각된다. '지나친 욕심은 화를 부른다'라는 말과 일치하지 않은가?

셋째로 다른 사람에게는 단순한 사실 전달식의 평범한 문장으로 보이나 그 문장을 지어낸 사람의 입장에서 나름대로 머리를 짜내어 지어놓은 문장으로 짐작되는 문장은 다음과 같은 세 문장이라고 생각한다.

1. 나은 삶을 살아가는 건 부를 부리는 것이 목적이 아니라
   자신의 삶에 최선을 다하며 보람되고 뜻깊게 사는 것이 목적이어야 한다.
2. 자신의 삶에 만족하지 못하고 욕심을 부리기보다
   자신의 지금 모습에 충실하게 노력해 보람된 삶을 선택해 살아가는 것이 어떨지.

3. 어두운 삶에 쫓아가기보다는 밝은 빛이 드는 삶을 찾아가야 하지
   않을까?

   넷째로 '암호와 같은 문장'으로 본문의 끝 부분에서 보이는데 다
음에서 밑줄 친 문장이 그것이라고 생각한다.

   목걸이의 마치르드와 같이 자신의 삶을 욕심과 맞바꾸어 그 대가를
치르며 살아갈 것인가 아님 부를 누리기 보다 보람되고 뜻깊은 삶을 살
아갈 것인가? 자신의 삶은 자신이 만들 듯이 선택하는 것도 자기 자신이
다. <u>학생이란 신분에서는 공부에 대한 욕심이 필요하다.</u> 하지만 이 욕심
이 커서 어른이 되었을 때 불필요해졌다면 버릴 수 있는 사람이 되어야
지 않을까? 자신의 삶에 만족하지 못하고 욕심을 부리기보다 자신의 지
금 모습에 충실하게 노력해 보람된 삶을 선택해 살아가는 것이 어떨지.

   위의 단락에서 밑줄 친 문장인 "학생이란 신분에서 공부에 대한
욕심이 필요하다"는 문장을 두 가지로 생각해 보고자 한다.
   한 가지는 밑줄 친 문장을 뒤에 이어지는 문장과 관계가 없이 밑
줄 친 문장 자체만 가지고 생각해 보려고 하고, 다른 한 가지는 이
밑줄 친 문장에 이어지는 문장과 함께 생각해 보고자 한다.
   일반적으로 학생은 '공부하기'보다 '놀기'를 좋아한다는 정서가
'학생과 공부의 관계적 정서'라고 볼 때 "학생이 공부에 대한 욕심을
내야한다."는 문장은 '암호와 같은 문장'이라고 생각하여 이 문장을
잘못된 문장이라고 본다.
   이번에는 밑줄 친 문장을 이 문장에 이어지는 "하지만 이 욕심이
커서 어른이 되었을 때 불필요해졌다면 버릴 수 있는 사람이 되어야
지 않을까?"라는 문장과 무슨 연결고리를 생각하면서 살펴보면 이 밑
줄 친 문장에서 말하는 '욕심'이 뜻하는 것은 이런 뜻을 지니고 있을
것이라고 글쓴이는 생각해 본다.

그 욕심이란 "특정한 상황에서 강렬하게 일어나는 일정한 욕심은 그야말로 강렬하게 욕심을 내야하지만 그 특정한 상황은 일정한 시기적 과정에서 일어나는 것으로 그 시기적 시점에서 벗어나면 그 일정한 욕심에서도 자연스럽게 훌훌 털며 벗어나야 한다"라는 뜻을 지니고 있다고 생각하며 글쓴이가 풀이해 놓은 욕심의 뜻은 옳다고 생각한다.

왜냐하면 "학생이 공부에 대한 욕심을 내야한다."라는 문장에 이어지는 "이 욕심이 커서 어른이 되었을 때 불필요해졌다면 버릴 수 있는 사람이 되어야지 않을까?"라는 말에서 보이는 '어른이 되었을 때 불필요해졌다면 버릴 수 있는 사람이 되어야지 않을까?'라 문구가 글쓴이가 전 소라 학생이 말하려는 욕심을 풀이해 놓은 것을 뒷받침한다고 생각하기 때문이다.

전소라 학생이 말한 "학생이란 신분에서 공부에 대한 욕심이 필요하다."에서 뜻하는 '욕심'을 위와 같이 글쓴이가 풀이한 것이 옳다고 하면 "학생이란 신분에서 공부에 대한 욕심이 필요하다."라는 문장은 잘못된 문장이라고 생각하여 이 문장을 "학창시절의 나이에서는 정열을 불사를 정도의 그 무엇(공부는 빼놓고 그 밖의 영화보기, 축구하기, 음악하기, 들들)에 대한 욕심 이 필요하다."라고 고쳐놓아야 글의 흐름으로 봐서 "하지만 이 욕심이 커서 어른이 되었을 때 불필요해졌다면 버릴 수 있는 사람이 되어야지 않을까?"라는 문장과 글의 흐름이 어긋나지 않는다고 생각한다.

전소라 학생의 글을 보면 글쓴이가 앞에서 말했던 옥의 티를 빼놓고는 나머지에서는 글의 흐름이 물이 흐르듯이 처음부터 끝까지 매끄럽게 흘러갔다고 생각한다.

신문 사설을 보면 글의 흐름이 4단계이거나 5단계인 것을 볼 수 있다.

전소라 학생의 높은 5단계로 글의 흐름이 이루어졌다고 본다.

첫째 단계는 '목걸이'란 작품의 주제를 말하고 있다.

둘째 단계는 목걸이의 줄거리를 말하고 있다.

셋째 단계는 목걸이의 주제에 대한 느낌을 말하고 있다.

넷째 단계는 목걸이의 주인공은

      우리의 주위에 많다고 하면서 이런 사람들에게 충고
      (?)를 하고 있다.

다섯 째 단계는 결론으로 충고를 좀더 구체적으로 말을 하고 있다고 생각한다.

전소라 학생의 글에

나타나는

네 가지의 문장유형과

논술의 4, 5단계에 대한 이야기를 종합하여

<u>논술을 도식적으로 말하면</u>

<u>논술(포괄적으로 글짓기–수필, 소설, 시, 논설 등등)이란</u>

논술의 4, 5단계(대체로 기승전결)에 따른

각각의 단계에 논술의 주제와 어울리는 내용을,

곧 서론단계에는 서론적인 내용을,

본론에는 본론적인 내용을, 결론에는 결론적인 내용을

자신의 문장짓기 실력으로 네 가지의 유형의 문장들 가운데

'암호와 같은 문장'이 없게 하면서

나머지 세 유형의 문장으로 채워서

<u>각각의 단계에 놓인 내용이</u>

전체적으로 각각의 단계와
서로 논리적으로 맞아떨어지도록 하는 것을 논술이라고 생각한다.
학생들은
나름대로 논술(글)을 쓸 때
논술(글)의 4, 5단계의 각 단계에 맞게
글을 쓴다고(쓰려고) 쓰지만
각 단계의 안에서 그리고
각 단계끼리 논리적으로 맞지 않고
또 어느 단계는 단계 I 자체를 빼놓고
글을 쓰는 경우가 있고
아울러 각각의 단계에서
같은 말을 지루하게 되풀이하는 경우가 있는데
이러한 것에 대하여는
고등부 **논술에서 다시 살펴보기로 하고**
중등부 논술에 대하여는 여기서 마치고자 한다.

2. 고등부 논술(엮어내기)

글쓴이는 앞으로 네 편의 논술을 글쓴이가 말하는 엮어내기의 관점에서 살펴보고자 한다.

아래의 글은 고등부의 어느 논술경시대회에서 장려상을 받은 글인데 이 글을 먼저 읽어보자!

절대성과 제2의 절대성

○○여고 3의 8반 김지선

현대인들은 삶의 목적과 인간의 존엄성을 상실해가고 있다.

청소년들도 마찬가지로 우리는 뉴스나 텔레비전 방송, 주변에서도 쉽게 그것을 느낄 수 있다. 자살하는 학생들이 늘어나고 있으며 점수에 맞추어 대학에 진학하는 사회 분위기가 만연해 있다.

청소년 범죄도 그 종류와 횟수가 점점 늘어나고 있어 사회 문제의 큰 부분을 차지하고 있다. 청소년들이 인류의 방향을 이끌어갈 주역이라는 점에서 이는 큰 문제가 된다. 이 시점에서 그들이 가여야 할 참다운 삶의 자세에 대한 논의가 요구된다. 제시문 가, 나의 두 인물 한방암 선사, 오봉은 각각 우리에게 많은 깨달음을 준다. 자신의 투철한 삶의 목적을 자졌다는 점에서, 그래서 그것을 위해 목숨까지도 바칠 수 있는 그러한 태도를 가졌다는 점에서 우리는 방한암 선사를 본받아야 한다. 또 인간의 존엄성이라는 가치에, 그것을 위해 자신의 목숨까지 내 놓을 수 있는 절대적 중요성을 부여했다는 점에서 우리는 오봉을 본받아야 한다.

그러나 이 두 인물의 태도에 대해 생각해 보아야 할 점들이 있다. 상원사는 적군에게 유리한 조건이 될 수 있는 곳이었다. 선사 개인에게는 불교, 절 차체가 삶의 목적이 될 수 있었겠지만 그가 한 행동에 의해 상원사가 남아 있게 되어 국군들이 패배했을 수도 있었을 것이다. 그렇게 되었더라면 더 많은 대다수의 사람들의 삶의 목적은 실현되지 어렵게 되었을 것이다. 또 상원사도 공산주의 사회에서 선사가 원하는 방향으로 보존되어지지 않았을 것이다. 결국 선사는 잠시동안 이나마 자신의 목적을 훼손시키지 않기 위해 타인의 목적을 무시한 것이 된다.

방한암 선사는 삶의 목적을 위해 자신의 목숨을 버렸다. 이는 삶의 목적이 자신의 존재 이후에야 비로소 중요성을 가질 수 있는 제2의 절대적인 가치라는 점을 간과한 행동이다. 더불어 가치전도 뿐만 아니라 인간의 존엄성이라는 인류의 대원칙에도 위배되는 행위라 할 수 있다.

오봉의 행위에 대해서도 생각해 보아야 한다. 오봉은 토인들이 인간의 존엄성을 갖게 하도록 자신의 목숨을 버린다. 그러나 이것은 생명을 수단화했다는 점에서 비판받아야 한다. 물론 오봉은 정말 어쩔 수 없었겠지만 그가 주장하는 인간의 존엄성은 그를 포함하는 모든 인간의 존엄성을 말하는 것이다. 풍습을 위해 목숨을 바칠 수 있는 토인은 없을 것이므로 그러면 다음부터는 풍습폐지에 반대하는 사람의 목을 베어서 제사 지내자고 하는 방법을 택했을 수도 있다.

제시된 두 인물에 대한 논의를 통해 청소년들에게 요구되는 삶의 자세를 생각해 볼 수 있다. 먼저 투철한 자신의 삶의 목적을 수립해야 하며 동시에 그 목적이 타인의 목적과 조화를 이루도록 해야겠다.

인간은 사회적 동물로 타인의 목적이 무너졌을 때 자신의 목적도 실현되기 어렵기 때문이다. 또 나 자신의 존재가 그 목적으로 있게 하는 보다 절대적인 가치를 가진다는 점을 잊어서는 안된다. 마지막으로 인간의 존엄성이라는 가치에 '절대성'을 부여해야 한다. 생명을 포기하고 얻으려는 그 어떤 목적도 생명보다 가치 있을 수는 없기 때문이다.

물질문명이 지배하는 현대사회에서 청소년들은 삶의 목적과 인간이 존엄성에 대한 확신을 잃어가고 있다. 보다 밝은 인류의 미래를 보장하고 더불어 청소년 자신들의 행복을 위해 인간의 존엄성의 절대적 인식이 필요하며 이에 근거한 삶의 목적 수립이 필요하다. 또 그러한 삶의 목적을 타인의 목적과 조화시키는 지혜로운 삶의 태도를 자져야 한다.

(가져온 곳 : 온고을 글터, 전주시립도서관, 1999년, 156～158쪽)

위의 글은 장려상을 받은 글인데 글쓴이가 보기에 장려상을 받은 까닭은 김지선 학생이 지나치게 설명적으로 글을 썼기 때문이라고 생각한다.

김지선 학생이 쓴 글이 비록 장려상을 받았지만 이 학생의 글을 보고 글쓴이는 김지선 학생이 앞으로 글을 쓸 때 지나치게 설명적으로 쓰는 버릇만을 고치면(바로잡으면) 좋은 글을 쓸 수 있다고 생각하고 만약에 김지선 학생이 글을 설명적으로 쓰지 않았다면 멋진 글이었을 것이라고 글쓴이는 생각해본다.

그 까닭은 학생의 글에서 논술의 기본이라고 여겨지는 '비판적인 생각의 틀'을 김지선 학생이 갖추고 있는 것으로 생각하고 아울러 문장짓기 실력도 뛰어나다고 생각하기 때문이다.

김지선 학생이 비판적의 생각의 틀을 갖추고 있다고 여겨지는 문장으로 아래에서 밑줄 친 부분이라고 생각한다.

방한암 산사는 삶의 목적을 위해 자신의 목숨을 버렸다. <u>이는 삶의 목적이 자신의 존재 이후에야 비로소 중요성을 가질 수 있는 제2의 절대적인 가치라는 점을 간과한 행동이다.</u>

오봉의 행위에 대해서도 생각해 보아야 한다. 오봉은 토인들이 인간의 존엄성을 갖게 하도록 자신의 목숨을 버린다. 그러나 <u>이것은 생명을 수단화했다는 점에서 비판받아야 한다.</u>

그리고 김지선 학생이 문장짓기 실력이 뛰어난 것으로 여겨지는 문장을 옮겨놓는다.

<u>인간은 사회적 동물로 타인의 목적이 무너졌을 때 자신의 목적도 실현되기 어렵기 때문이다. 또 나 자신의 존재가 그 목적으로 있게 하는</u>

보다 절대적인 가치를 가진다는 점을 잊어서는 안된다.

  김지선 학생은 자신의 문장짓기 실력으로 지어낸 문장들이 서로
어우러지게 아우르는 능력인 '문장잇기(엮어내기)실력'이 문장짓기 실
력만큼 되지 못해서 우수상을 받지 못하고 장려상을 받았다고 글쓴이
는 생각한다.
  글쓴이는 나름대로 김지선 학생의 글에서 설명적이라고 생각하는
부분을 짚어보고 설명적인 부분을 글쓴이 나름대로 고쳐놓고자 하는
데 글쓴이가 짚어본 설명적인 부분은 세 곳이다.
  다음은 그 한 곳이다.

  제시문 가, 나의 두 인물 방한암 선사, 오봉은 각각 우리에게 많은 깨
  달음을 준다. 자신의 투철한 삶의 목적을 가졌다는 점에서, 그래서 그것
  을 위해 목숨까지도 바칠 수 있는 그러한 태도를 가졌다는 점에서 우리
  는 한방암 선사를 본받아야 한다. 또 인간의 존엄성이라는 가치에, 그것
  을 위해 자신의 목숨까지 내 놓을 수 있는 절대적 중요성을 부여했다는
  점에서 우리는 오봉을 본받아야 한다.

  위의 밑줄 친 부분은 방한암 선사와 오봉의 두 사람이 각각 자신
의 삶의 목적을 위해서 목숨을 바쳤다는 것을 우리가 본받아야 한다
는 것인데 이러한 것을 밑줄친 부분과 같이 같은 말을 되풀이하면서
두 문장으로 표현할 필요가 없다고 생각한다.
  이를테면 『두 사람은 각각 자신의 가슴속에 품고 있는 투철한 삶
의 목적을 위해서 자신의 목숨을 내놓을 만큼 굳건한 신념에 찬 삶을
살았다는 점에서 우리는 두 사람을 본받아야 한다.』라고 글쓴이가 같
은 말을 되풀이하지 않으려고 하면서 같은 내용을 짧게 말해보고자
했다.

　　다음은 두 번째로 짚어 본 설명적인 부분을 살펴보고자 하는데 아래에 있는 본문의 내용은 옮기면서 글쓴이가 첨삭설명을 편리하게 하기 위해서 1.과 2.라는 번호는 붙여놓았다.

그러나 이 두 인물의 태도에 대해 생각해 보아야 할 점들이 있다.
1. 상원사는 적군에게 유리한 조건이 될 수 있는 곳이었다. 선사 개인에게는 불교, 절 차체가 삶의 목적이 될 수 있었겠지만 그가 한 행동에 의해 상원사가 남아 있게 되어 국군들이 패배했을 수도 있었을 것이다. 그렇게 되었더라면 더 많은 대다수의 사람들의 삶의 목적은 실현되지 어렵게 되었을 것이다. 또 상원사도 공산주의 사회에서 선사가 원하는 방향으로 보존되어지지 않았을 것이다. 결국 선사는 잠시동안 이나마 자신의 목적을 훼손시키지 않기 위해 타인의 목적을 무시한 것이 된다.
2. 방한암 선사는 삶의 목적을 위해 자신의 목숨을 버렸다. 이는 삶의 목적이 자신의 존재 이후에야 비로소 중요성을 가질 수 있는 제2의 절대적인 가치라는 점을 간과한 행동이다. 더불어 가치전도 뿐만 아니라 인간의 존엄성이라는 인류의 대원칙에도 위배되는 행위라 할 수 있다.
오봉의 행위에 대해서도 생각해 보아야 한다. 오봉은 토인들이 인간의 존엄성을 갖게 하도록 자신의 목숨을 버린다. 그러나 이것은 생명을 수단화했다는 점에서 비판받아야 한다. 물론 오봉은 정말 어쩔 수 없었겠지만 그가 주장하는 인간의 존엄성은 그를 포함하는 모든 인간의 존엄성을 말하는 것이다. 풍습을 위해 목숨을 바칠 수 있는 토인은 없을 것이므로 그러면 다음부터는 풍습폐지에 반대하는 사람의 목을 베어서 제사 지내자고 하는 방법을 택했을 수도 있다.

　　위의 1. 단락에서 밑줄 친 부분은 글쓴이가 생각하기에 지나치게 설명적이었다고 생각하여 밑줄 친 부분을 글쓴이는 나름대로 줄여놓고자 하며 그리고 1.단락과 2.단락을 묶어서 하나의 단락으로 해놓는 것이 좋다고 생각한다.

글쓴이는 1.단락과 2.단락을 하나의 단락의 묶을 때 2.단락을 중심으로 하나의 단락을 묶어놓고자 한다. 왜냐하면 1.단락과 2.단락에서 무게 중심이 2.단락에 있다고 생각하기 때문이다.

아래는 위에서 말한 대로 1.단락과 2.단락을 하나의 단락으로 묶어놓은 것이다.

방한암 선사는 삶의 목적을 위해서 자신을 목숨을 버리(2.단락에서 가져온 것)면서 상원사를 구해냈지만 상원사가 남아있는 것은 북한군의 근거지가 되어서(1.단락에서 밑줄 친 부분을 글쓴이가 줄여놓은 것임) 국군들이 패하게 될 수도 있었으므로 결국 선사는 잠시동안 이나마 목적을 훼손시키지 않기 위해 타인의 목적을 무시한 것이다(1.단락에서 음영을 주었던 부분을 그대로 옮겨놓은 것임). 이는 삶의 목적이 자신의 존재 이후에야 비로소 중요성을 가질 수 있는 제2의 절대적인 가치라는 점을 간과한 행동이다. 더불어 가치전도 뿐만 아니라 인간의 존엄성이라는 인류의 대원칙에도 위배되는 행위라 할 수 있다(2.단락에 있던 것을 그대로 옮겨놓은 것임).

다음은 세 번째로 짚어 본 설명적인 부분을 살펴보고자 하는데 아래에 있는 본문의 내용은 옮기면서 글쓴이가 첨삭설명을 편리하게 하기 위해서 1.과 2., 3.라는 번호는 붙여놓았다.

1. 제시된 두 인물에 대한 논의를 통해 청소년들에게 요구되는 삶의 자세를 생각해 볼 수 있다.
2. 먼저 투철한 자신의 삶의 목적을 수립해야 하며 동시에 그 목적이 타인의 목적과 조화를 이루도록 해야겠다. 인간은 사회적 동물로 타인의 목적이 무너졌을 때 자신의 목적도 실현되기 어렵기 때문이다. 또 나 자신의 존재가 그 목적으로 있게 하는 보다 절대적인 가치를 가진다는 점을 잊어서는 안된다. 마지막으로 인간의 존엄성

이라는 가치에 '절대성'을 부여해야 한다. 생명을 포기하고 얻으려는 그 어떤 목적도 생명보다 가치 있을 수는 없기 때문이다.

3. 물질문명이 지배하는 현대사회에서 청소년들은 삶의 목적과 인간의 존엄성에 대한 확신을 잃어가고 있다. 보다 밝은 인류의 미래를 보장하고 더불어 청소년 자신들의 행복을 위해 인간의 존엄성의 절대적 인식이 필요하며 이에 근거한 삶의 목적 수립이 필요하다. 또 그러한 삶의 목적을 타인의 목적과 조화시키는 지혜로운 삶의 태도를 자져야 한다.

위의 단락에서 3.단락은 2.단락내용을 되풀이하고 있다고 생각한다.

2.와 3.단락에서 이 글의 결론내용의 중심개념인 '청소년'과 '타인의 목적과 조화'라는 두 개념이 되풀이되고 있는 것으로 봐서 3.단락은 지우는 것이 좋다고 생각하고 3.단락에서 보이는 말인 "물질문명이 지배하는 현대사회에서"라는 문구는 1.단락과 연결하여 글쓴이가 위의 단락을 첨삭할 때 활용하고자 한다.

그리고 2.단락에서 밑줄 친 부분은 '……그 목적이 타인의 목적과 조화를 이루도록' 하는 것이 이루어지는 과정에서 전제조건으로 말한 것으로 보이는데 이 전제조건을 달아 놓은 것은 좋으나 그 전제조건을 달아 놓는 과정에서 군말(설명적임)이 있다는 것이 문제점이라고 글쓴이는 생각한다.

2단락의 밑줄 친 부분을 보면 '나 자신의 존재'에는 '절대적인 가치'를 주어야 하고 '인간의 존엄성'에는 '절대성'을 주어야 한다는 투로 말하고 있는데 이렇게 따로 따로 하지말고 '나 자신의 존재'나 '인간의 존엄성'의 어느 하나에 '절대적인 무엇' 주면 '복잡하지 않고(설명적이지 않고) 간단하다고 생각한다.

왜냐하면 '나 자신의 존재'도 '생명'이고 '인간의 존엄성'도 '생명'이라고 생각하기 때문이다.

그러면 1, 2, 3의 단락에 대한 이제까지의 비판내용을 바탕으로 해서 1., 2., 3.단락의 내용을 아래와 같이 손질해 놓았는데 이 때 1., 2., 3.단락의 내용에서 일부 내용은 지웠고 일부내용은 그대로 옮겨놓고 밑줄 친 부분은 글쓴이가 덧붙인 것이다.

제시된 두 인물에 대한 논의를 통해 물질문명이 지배하는 현대사회에서(3.단락에서 따온 문구임) 청소년들에게 요구되는 삶의 자세를 생각해 볼 수 있다.
청소년들은(글쓴이가 붙여놓은 것임) 자신들(글쓴이가 붙여놓은 것임)의 삶의 목적을 투철하게 수립해야 하며 동시에 그 목적이 타인의 목적과 조화를 이루도록 해야겠다. 인간은 사회적 동물로 타인의 목적이 무너졌을 때 자신의 목적도 실현되기 어렵기 때문이다.
또 나 자신의 존재가 그 목적으로 있게 하는 보다 절대적인 가치를 가진다는 점을 잊어서는 안된다. 생명을 포기하고 얻으려는 그 어떤 목적도 생명보다 가치 있을 수는 없기 때문이다.

김지선 학생의 글에 대하여 앞에서 말한 바와 같이 김지선 학생은 논술의 기본이라고 할 수 있는 비판적 생각의 틀을 가지고 있는 것으로 보이며 문장짓기 실력도 뛰어나 보이는데 엮어내기 실력이 비판적인 생각의 틀이나 문장짓기 실력만큼 뒤따르지 않아서 그런지 학생의 글은 지나치게 설명적이었고 군말이 많이 눈에 띈 점이 아쉬운 점이라고 글쓴이는 생각한다.
다음은 김 지선 학생의 글을 비판하고 고친 것을 정리한 것이다.
아래에서 보이는 고친 글을 원본글과 비교해 읽어주기를 바라는 마음이다.

현대인들은 삶의 목적과 인간의 존엄성을 상실해가고 있다.

청소년들도 마찬가지로 우리는 뉴스나 테레비방송, 주변에서도 쉽게 그것을 느낄 수 있다. 자살하는 학생들이 늘어나고 있으며 점수에 맞추어 대학에 진학하는 사회 분위기가 만연해 있다.

청소년 범죄도 그 종류와 횟수가 점점 늘어나고 있어 사회 문제의 큰 부분을 차지하고 있다. 청소년들이 인류의 방향을 이끌어갈 주역이라는 점에서 이는 큰 문제가 된다. 이 시점에서 그들이 가여야 할 참다운 삶의 자세에 대한 논의가 요구된다. 제시문 가, 나의 두 인물 한방암 선사, 오봉은 각각 우리에게 많은 깨달음을 준다. 두 사람은 각각 자신의 가슴 속에 품고 있는 투철한 삶의 목적을 위해서 자신의 목숨을 내놓을 만큼 굳건한 신념에 찬 삶을 살았다는 점에서 우리는 두 사람을 본받아야 한다.

그러나 이 두 인물의 태도에 대해 생각해 보아야 할 점들이 있다.

방한암 선사는 삶의 목적을 위해서 자신을 목숨을 버리(2.단락에서 가져온 것)면서 상원사를 구해냈지만 상원사가 남아있는 것은 북한군의 근거지가 되어서(1.단락에서 밑줄 친 부분을 글쓴이가 줄여놓은 것임) 국군들이 패하게 될 수도 있었으므로 결국 선사는 잠시동안 이나마 목적을 훼손시키지 않기 위해 타인의 목적을 무시한 것이다(1.단락에서 음영을 주었던 부분을 그대로 옮겨놓은 것임). 이는 삶의 목적이 자신의 존재 이후에야 비로소 중요성을 가질 수 있는 제2의 절대적인 가치라는 점을 간과한 행동이다. 더불어 가치전도 뿐만 아니라 인간의 존엄성이라는 인류의 대원칙에도 위배되는 행위라 할 수 있다(2.단락에 있던 것을 그대로 옮겨놓은 것임).

오봉의 행위에 대해서도 생각해 보아야 한다. 오봉은 토인들이 인간의 존엄성을 갖게 하도록 자신의 목숨을 버린다. 그러나 이것은 생명을 수단화했다는 점에서 비판받아야 한다. 물론 오봉은 정말 어쩔 수 없었겠지만 그가 주장하는 인간의 존엄성은 그를 포함하는 모든 인간의 존엄성을 말하는 것이다.

제시된 두 인물에 대한 논의를 통해 청소년들에게 요구되는 삶의 자세를 생각해 볼 수 있다.

제시된 두 인물에 대한 논의를 통해 <u>물질문명이 지배하는 현대사회에서</u>(3.단락에서 따온 문구임) 청소년들에게 요구되는 삶의 자세를 생각해 볼 수 있다.

<u>청소년들은</u>(글쓴이가 붙여놓은 것임) <u>자신들</u>(글쓴이가 붙여놓은 것임)의 삶의 목적을 투철하게 수립해야 하며 동시에 그 목적이 타인의 목적과 조화를 이루도록 해야겠다. 인간은 사회적 동물로 타인의 목적이 무너졌을 때 자신의 목적도 실현되기 어렵기 때문이다.

또 나 자신의 존재가 그 목적으로 있게 하는 보다 절대적인 가치를 가진다는 점을 잊어서는 안된다. 생명을 포기하고 얻으려는 그 어떤 목적도 생명보다 가치 있을 수는 없기 때문이다.

이어서 지금까지 비판한 글과 같은 조건에서 쓴 글이지만 '우수상'을 받는 글을 살펴본다.

다음은 우수상을 받은 글이다.

청소년의 올바른 삶의 태도가 사회의 발전을 좌우한다. (우수상)

○○여고 3의 5반 오영수

근래에 들어 집단 따돌림을 의미하는 소위 '왕따'. 폭력서클에 의한 '학교폭력' 등의 신종어가 등장했다. 이는 현재 우리 나라 청소년들의 문화를 여실히 보여주는 한 단면이라고 할 수가 있다. 즉 정체성이 올바르게 정립되어야 할 시기에 삶의 목적이 제대로 세워지지 못했음을 의미하여 인간을 목적으로 대하지 않고 수단으로 대하는 이기주의가 만연함을 뜻하는 것이다.

미래는 현재의 청소년들이 주역이 될 사회이다. 그러나 현재의 잘못된 점들이 개선되지 않고 미루어진 사회는 문제점이 많은 것이다. 예컨대 김승옥의 '서울. 1964'에서 묘사되는 것처럼 뚜렷한 삶의 목적이 없는 사람들이 만든 사회는 허무주의가 팽배하고 발전이 없는 정체된 사회가 된다. 또한, 이기주의나 생명경시 풍조가 만연하면 사회의 분열 내지 사회 해체의 위험도 있다.

오늘날은 잘못된 청소년의 문화를 개선시키려는 노력이 시급한 때이다. 이를 위해서는 궁극적으로 청소년들 자신의 삶의 자세에 변화가 있어야 한다.

우선 청소년들에게 올바른 삶의 목적이 정립되어야 한다. 목적은 행동의 근거가 된다. 따라서 '올바른' 목적 정립에서 '올바른' 행동이 나온다. 글 '나'에서의 도인들처럼 올바르지 못한 목적을 가지면 그릇된 행동을 하게 되는 것이다. 그리고 올바른 삶의 목적이 세워졌다면 그 신념을 위한 자기를 희생할 수 있어야 한다.

글 '가'의 선사처럼, 글 '나'의 오봉처럼 목숨을 바쳐서라도 그 신념을 지키려는 태도가 필요하다. 선사의 절을 지켜야한다는 신념으로, 오봉은 생명 외경의 신념으로 그들은 목숨까지 버린 것이다. 오늘날처럼 급변하는 사회속에서는 이런 굳은 신념, 즉 올바른 가치관이 필요하다. 상황에 따라 변하는 가치관은 사회주의적 인간을 만든다. 이것은 지속적인 사회 발전에 장애물이 될 수 있다.

예로부터 공자는 살신성인을, 맹자는 사생 취의를 강조하며 자신의 신념에 따른 자기 희생의 필요성을 역설했다. 즉, 공자는 내면적 도덕성인 인(仁)을, 맹자는 옳고 그름을 판단하는 의(義)를 자신의 신념으로 삼았다. 또한, 청소년들은 인간 존중 의식을 가져야 한다. 이것이 삶의 목적을 세우는데 바탕이 되어야 함은 물론이다.

생명경시 풍조는 청소년들뿐만이 아니라 사회적으로도 큰 문제가 되고 있다. 생명경시는 인간존중 의식도 약화시키며 인간을 목적이 아닌 수단으로 여기게 한다. 이는 사회 결속력을 해치게 한다. 인간은 사회적 동물로서 사회 구성원끼리 결속하여 살아가야 하며, 사회는 큰 유기체이다. 생명경시풍조는 이 유기체의 분열을 가져올 수 있다.

청소년들의 잘못된 삶의 자세를 개선하는 데는 이상의 개인적, 규범적 측면뿐만이 아닌 사회적, 제도적 접근도 있어야 한다. 따라서 사회는 교육을 통해 청소년들에게 바른 가치관을 길러주는 역할을 담당해야 한다. 가령 '인간존중의 날' 등을 정하여 청소년들의 의식을 개선하는 노력을 할 수도 있다. 이렇듯 청소년이 건전한 사회인이 될 수 있도록 청소년 개개인의 노력과 사회의 적극적인 협조도 있어야 한다.

흔히 청소년들의 어깨에 미래가 달려 있다고 말한다. 따라서 현재 청소년들의 삶의 문제가 있다면 그것은 후에 고착된 더 큰 문제가 될 수도 있음을 자각해야만 한다.

(가져온 곳 : 온고을 글터, 전주시립도서관, 1999년, 145～147쪽)

위의 글은 무늬만 논술의 전형적인 보기로 위의 글을 쓴 학생은 논술의 틀에 그럴듯하게 짜깁기를 하려고 했다고 생각한다.

학생은 결론부분에서 "사회는 하나의 큰 유기체이다."라는 말을 했다.

"사회는 하나의 큰 유기체이다."라는 말을 학생이 알고 있지만 논술이란 논술의 주제와 관련하여 글이 전개되는 과정에 나타난 각 개념들이 서로 '유기적'으로 연결되어야 한다는 것은 몰랐던 것으로 생각한다.

위의 글에서 나타난 '글의 줄거리 개념'은 이기주의, 허무주의, 자기희생, 생명경시(풍조), 인간존중의식이라고 생각한다. 그런데 문제가 되는 것은 윗 글의 줄거리를 전개하는 과정에서 이 개념들을 무슨 '끈'으로 엮어놓지 않아서 학생의 표현대로 말하면 각 개념들이 서로 '유기적'이지 못해 결과적으로 학생이 쓴 논술은 무늬만 논술로 속이 텅빈 속빈 강정의 글이라서 이 논술에 대하여 점수를 메기면 '0'점 밖에 줄 수밖에 없다고 글쓴이는 생각한다.

글쓴이가 말하는 위의 논술에 대한 평가가 옳다고 하면 어째서 심사위원들은 오영수 학생의 글에 우수상을 주었을까?

심사위원들이 일부러 오영수 학생의 글에 우수상을 준 것은 아니라고 생각한다.

오영수 학생의 글에는 '함정'이 있는데 이 함정에 심사위원들이 빠져서 오영수 학생이 쓴 글에 우수상을 준 것이라고 생각한다.

함정이란 오영수 학생이 쓴 글에서 단락 하나하나만 보면 아무런 문제점이 없는 것으로 보이게 글을 써놓은 것이 함정이라고 글쓴이는 생각하는데 이 함정에 대하여 자세히 살펴보기로 한다.

그럼 다음 단락을 살펴보자!

근래에 들어 집단 따돌림을 의미하는 소위 '왕따'. 폭력서클에 의한 '학교폭력' 등의 신종어가 등장했다. 이는 현재 우리 나라 청소년들의 문화를 여실히 보여주는 한 단면이라고 할 수가 있다. 즉 정체성이 올바르게 정립되어야 할 시기에 삶의 목적이 제대로 세워지지 못했음을 의미하여 인간을 목적으로 대하지 않고 수단으로 대하는 이기주의가 만연함을 뜻하는 것이다.

위의 단락에서는 '왕따', '학교폭력', '정체성' 그리고 '이기주의'라는 말이 보이는데 이말 모두 현실성이 있는 말로 여기서는 아무런 문제점이 없다고 생각한다.

다음의 단락을 보자

미래는 현재의 청소년들이 주역이 될 사회이다. 그러나 현재의 잘못된 점들이 개선되지 않고 미루어진 사회는 문제점이 많은 것이다. 예컨대 김승옥의 '서울. 1964'에서 묘사되는 것처럼 뚜렷한 삶의 목적이 없는 사람들이 만든 사회는 허무주의가 팽배하고 발전이 없는 정체된 사회가 된다. 또한, 이기주의나 생명경시 풍조가 만연하면 사회의 분열 내지 사회 해체의 위험도 있다.

위의 단락에서는 "미래는 현재의 청소년들이 주역이 될 사회이다"라는 참으로 좋은 말을 하면서 '서울. 1964'라는 작품도 꺼내어서 허무주의와 생명경시, 이기주의라는 말을 하고 있는데 여기서도 아무런 문제점이 없다고 생각한다.

다음 단락을 보자!

오늘날은 잘못된 청소년의 문화를 개선시키려는 노력이 시급한 때이다. 이를 위해서는 궁극적으로 청소년들 자신의 삶의 자세에 변화가 있어야 한다.

우선 청소년들에게 올바른 삶의 목적이 정립되어야 한다. 목적은 행동의 근거가 된다. 따라서 '올바른' 목적 정립에서 '올바른' 행동이 나온다. 글 '나'에서의 도인들처럼 올바르지 못한 목적을 가지면 그릇된 행동을 하게 되는 것이다. 그리고 올바른 삶의 목적이 세워졌다면 그 신념을 위한 자기를 희생할 수 있어야 한다.

글 '가'의 선사처럼, 글 '나'의 오봉처럼 목숨을 바쳐서라도 그 신념을 지키려는 태도가 필요하다. 선사의 절을 지켜야한다는 신념으로, 오봉은 생명 외경의 신념으로 그들은 목숨까지 버린 것이다. 오늘날처럼 급변하는 사회속에서는 이런 굳은 신념, 즉 올바른 가치관이 필요하다. 상황에 따라 변하는 가치관은 사회주의적 인간을 만든다. 이것은 지속적인 사회 발전에 장애물이 될 수 있다.

위이 단락에서도 '올바른 목적'과 '올바른 행동'이란 말로 시작하면서 <글 '가'>와 <글 '나'>의 선사와 오봉같은 신념과 '올바른 가치관'이란 말을 하는데 여기서도 역시 아무런 문제점이 없다고 생각한다.

다음 단락을 보자!

예로부터 공자는 살신성인을, 맹자는 사생 취의를 강조하며 자신의 신념에 따른 자기 희생의 필요성을 역설했다. 즉, 공자는 내면적 도덕성인 인(仁)을, 맹자는 옳고 그름을 판단하는 의(義)를 자신의 신념으로 삼았다. 또한, 청소년들은 인간 존중 의식을 가져야 한다. 이것이 삶의 목적을 세우는데 바탕이 되어야 함은 물론이다.

위의 단락에서는 좀 문제가 있다고 보는데 얼핏보면 문제가 없다.

　　공자와 맹자는 성인이라고 일컬어지고 현실에서 공자와 맹자 이야기를 하니까 맹자와 공자라는 권위에 눌리는 상황에서 이어서 자기희생, 인간존중이란 좋은 말을 하고 있는데 눈을 부릅뜨지 않고 보면 논리모순을 찾아내지 못할 수 있다고 생각한다.

　　자기희생과 인간존중이란 말사이에는 별 문제가 없을 수 있으나 살성성인과 자기희생, 인간존중이란 세 말을 함께 생각하면 문제가 있을 수 있다. 살신성인은 자기희생이니까 그렇다고 치고 살신성인과 인간존중을 같이 생각하면 사람이 죽는 것과 인간을 존중하는 것은 어떻게 다르고 자기희생의 한계는 어디까지가 한계인가 하는 생각을 하면 위의 단락에는 무슨 문제점이 있다고 생각할 수 있다.

　　다음 단락을 보자!

　　생명경시 풍조는 청소년들뿐만이 아니라 사회적으로도 큰 문제가 되고 있다. 생명경시는 인간존중의식도 약화시키며 인간을 목적이 아닌 수단으로 여기게 한다. 이는 사회 결속력을 해치게 한다. 인간은 사회적 동물로서 사회 구성원끼리 결속하여 살아가야 하며, 사회는 큰 유기체이다. 생명경시풍조는 이 유기체의 분열을 가져올 수 있다.

　　위의 단락에서는 '생명경시'와 '인간존중의식'이란 말과 '사회는 유기체이다'라는 말이 보인다.

　　위의 단락도 이 단락만을 보고 있으면 무슨 문제점이 없다고 생각하는데 이 단락의 앞 단락에 있는 '살신성인', '자기희생', '인간존중'과 위의 단락에서 보이는 '생명명시'와 '인간존중의식'을 그리고 앞의 여러 단락에서 보이는 이기주의, 허무주의라는 말들을 모두 묶어서 함께 생각해봐서 단순히 생명경시, 이기주의, 허무주의는 나쁜 것이고 살신성인과 자기희생 그리고 인간존중은 좋은 것이라고 말할 수는 없다고 글쓴이는 생각한다.

앞에서 말했듯이 오영수 학생의 글에 나타난 '함정'은 "단락 하나하나만을 보면 아무런 문제점이 없는 것으로 보이게 글을 써놓았다"는 것인데 이 함정을 심사위원들이 찾아내지 못했다고 생각한다.

생명경시와 살신성인, 자기희생, 인간존중, 이기주의, 허무주의라는 낱말들을 교통정리하지 않는(못한) 상태에서 아래와 같이 오영수 학생은 사회에서 '인간존중의 날'을 정하자고 하는 말은 무늬만 논술에서 나오는 결론이라고 생각한다.

청소년들의 잘못된 삶의 자세를 개선하는 데는 이상의 개인적, 규범적 측면뿐만이 아닌 사회적, 제도적 접근도 있어야 한다. 따라서 사회는 교육을 통해 청소년들에게 바른 가치관을 길러주는 역할을 담당해야 한다. 가령 '인간존중의 날' 등을 정하여 청소년들의 의식을 개선하는 노력을 할 수도 있다. 이렇듯 청소년이 건전한 사회인이 될 수 있도록 청소년 개개인의 노력과 사회의 적극적인 협조도 있어야 한다.

흔히 청소년들의 어깨에 미래가 달려 있다고 말한다. 따라서 현재 청소년들의 삶의 문제가 있다면 그것은 후에 고착된 더 큰 문제가 될 수도 있음을 자각해야만 한다.

이 글은 원래 오늘날의 잘못된 청소년문화와 오봉과 선사가 자신의 신념을 위하여 자신이 목숨을 바친 행위 및 생명경시풍조와 인간존중의식이란 네 가지가 서로 충돌하지 않게 교통정리(?)를 할 수 있는 방법을 연구하는 것이 문제인 것으로 보이는데 학생은 각각의 개념을 대략적으로 서론의 위치에는 잘못된 청소년문화를 놓고, 본론의 위치에는 오봉과 선사의 행위를 놓고, 결론의 준비단계의 위치에는 생명경시풍조와 인간존중의식을 놓았지만 이 네 가지를 이을 수 있는 '끈(실마리―끈이나 실마리를 찾는 것에 대한 자세한 것은 글짓기교실 3(엮어내기)을 참조)'을 마련해내지 못했다고 보기에 이 글은 앞에서도 말했듯이 무늬만 논술로 '속 빈 강정의 글(논술점수는 '0'점)'이 되었다고 본다.

그러면 앞에서 살펴본 김지선 학생은 자신의 논술에서 오 영수 학생이 마련하지 못한 끈을 마련해 놓았는지를 알아보자.

김지선 학생은 본론에서 선사의 행위와 관련해서는 <방한암 산사는 삶의 목적을 위해 자신의 목숨을 버렸다. 이는 삶의 목적이 자신의 존재 이후에야 비로소 중요성을 가질 수 있는 제2의 절대적인 가치라는 점을 간과한 행동이다. 더불어 가치전도 뿐만 아니라 인간의 존엄성이라는 인류의 대원칙에도 위배되는 행위라 할 수 있다.>라고 했고 오봉의 행위와 관련해서는 <오봉은 토인들이 인간 존엄성을 갖게 하도록 자신의 목숨을 버린다. 그러나 이것은 생명을 수단화했다는 점에서 비판받아야 한다.>라는 두 문구에서 선사와 오봉의 행위가 인간존엄성과는 좀 어긋나는 면이 있다고 비판을 하는 것은 '인간존엄성'의 개념이 '선사와 오봉의 행위'와 각각 '끈'으로 이어져 있다는 것으로 본다.

이어서 결론에서는 <인간의 존엄성이라는 가치에 '절대성'을 부여해야 한다. 생명을 포기하려고 얻으려는 그 어떤 목적도 생명보다 가치가 있을 수 없기 때문이다.>라고 하는데 바로 앞에서 살펴본 바와 같이 본론의 상황과 이어진 인간존엄성이란 개념을 사용하여 청소년들은 인간존엄성에 절대성을 부여해야 한다는 결론을 내리는 것은 아무런 논리적 모순이 없는 것으로 김지선 학생은 자신의 논술에서의 줄거리 개념들 서로 이어주는 '끈'을 마련해 놓았다고 생각한다.

이제부터는 김지선 학생의 글과 오영수 학생의 글에 나타난 글의 겉모습과 속모습으로 나누어 비교해 본다.

먼저 글의 겉모습을 보면 김지선 학생의 글에는 같은 말을 되풀이는 '군말'이 많아서 글이 지저분해 보였지만 오영수 학생의 글은 글의 흐름의 길목에 놓일 것만 제대로 놓여 있는 다시 말해서 '군말'

이라는 것은 거의 없어서 글이 깨끗하여 깔끔해 보였다고 본다.

　　김지선 학생의 글에서 군말이 많다는 것은 이 학생의 글을 비판하면서 짚어 보았지만 오영수 학생의 글에 군말이 없다는 것은 아직 말하지 않았다.

　　다음의 두 단락을 보자.

> 제시문 가, 나의 두 인물 한방암 선사, 오봉은 각각 우리에게 많은 깨달음을 준다. 자신의 투철한 삶의 목적을 자졌다는 점에서, 그래서 그것을 위해 목숨까지도 바칠 수 있는 그러한 태도를 가졌다는 점에서 우리는 한방암 선사를 본받아야 한다. 또 인간의 존엄성이라는 가치에, 그것을 위해 자신의 목숨까지 내 놓을 수 있는 절대적 중요성을 부여했다는 점에서 우리는 오봉을 본받아야 한다.
>
> 　　　　　　　　　　　　　　　　　　　　　　　(김지선 학생의 글에서)

> 글 '가'의 선사처럼, 글 '나'의 오봉처럼 목숨을 바쳐서라도 그 신념을 지키려는 태도가 필요하다. 선사의 절을 지켜야한다는 신념으로, 오봉은 생명 외경의 신념으로 그들은 목숨까지 버린 것이다.
>
> 　　　　　　　　　　　　　　　　　　　　　　　(오영수 학생의 글에서)

　　위의 두 단락에서 음영을 준 부분은 선사와 오봉의 행위에서 본받을 것이 있다는 것이고 밑줄 친 부분은 그 설명으로 내용은 같은 것인데 설명의 길이가 서로 다르다는 것을 볼 수 있다. 곧 김지선 학생의 설명은 너무나 많아서 군말(잔소리)이 좀 있고 오영수 학생의 설명은 시처럼 짤막했다고 본다.

　　다음으로 글의 속모습을 보면 김지선 학생의 글은 글의 줄거리 개념들을 무슨 끈으로 이어놓으면서 일정한 결론에 이르렀지만 오영수 학생의 글은 글의 줄거리 개념들이 서로 떨어져 제각기 흩어져 따로따로 겉돌고 있어서 속이 빈 강정의 글로 곧 오영수 학생의 글은

‘0’점이라고 생각한다.

　이상으로 오영수 학생의 글에 대하여는 글을 맺고 다른 학생의 글을 살펴보자.

　다음의 글은 김지선, 오영수 학생과 같은 조건에서 쓴 글로 ‘우수상’을 받은 것이다.

이익사회에서의 청소년의 자세(고등부 우수상)

○○고등학교 김인찬

　독일 사회학자 퇴니에스는 사회를 공동사회와 이익사회로 구분했다. 공동사회에는 가족, 이웃, 친구관계가 속하며, 이익사회는 그 이외의 대부분의 관계가 포함된다. 사람들은 사회에서 대부분 이익사회에 속하면서 이해관계가 전제되어 있는 유대관계를 맺으며 살아간다. 이러한 사회에서는 물질 만능주의와 배금주의가 만연되어 있다. 기업체, 약사회, 의사회 등의 이해집단들이 이에 속한다.

　현대사회는 급속한 물질문명의 발달로 인해 점차 ‘이익사회’가 되어 가고 있다. 유물론적 가치관의 확산으로 인간의 존엄성이나 삶에 대한 진지한 사색보다는 물질적인 측면이 더 강조되는 것이 사실이다. 이익사회에서는 이윤이 최상의 가치이다. 이러한 사회에서 인간은 단순히 이익을 위한 수단으로 전락하기 쉽다. 자신에게 이익이 되는 일에만 협력하고, 모두를 위해 자신을 버리는 희생정신은 더 이상 찾아보기 힘들게 되었다.

　청소년들도 이러한 사회적, 문화적 변동에 예외는 아니다. 청소년들은 이러한 이익사회에서 친구를 경쟁상대로 인식하거나 밟고 올라서야만 하는 존재로 생각하기 쉽다. 또한 자신의 이익을 위한 협력으로 인해, 친구관계는 가식적이고 허위적인 상태가 되기 쉽다. 자기의 이익에 냉철하고, 자신에게 도움이 되지 않는 행동은 하지 않으려는 경향이 심화된다. 이러한 경향은 희생정신의 부재라는 현상으로 나타난다.

　제시문에서의 선사와 오봉은 대의를 위한 희생이라는 점에서 일반적인 청소년들과 다른 양상을 보인다. 선사는 상원사의 수호와 같은 높은 신념이라는 대의를 위해 죽음도 불사한 것이다. 오봉은 사람의 생명을 경시하는 악습을 철폐하기 위해 추장이라는 높은 지위에도 불구하고 자신을 희생한 것이다. 이러한 인물들의 행동은 자신의 이익보다는 모두를 위하는 공리주의적 발상에서 나온 행동으로서 큰 의미를 갖는다.

청소년기는 가치관이 정립되는 시기이다. 이러한 중요한 시기에서 청소년들은 삶에 대한 진지한 사색과 반성이 필요하다. 청소년들이 가져야 하는 참다운 삶은 정신적인 측면에서 찾아야 할 것이다. 이러한 목적을 달성하기 위해서는 청소년들의 의식개혁과 정부의 제도 개선 노력이 있어야 한다.

청소년들은 자신에 대한 깊은 성찰을 통해 인간의 존엄성을 깨달아야 한다. 타인도 모두 존귀하다는 생각을 지니고 타인을 위해 희생할 수 있는 이타주의적 사고를 가질 필요가 있다. 또한 정부는 물질적이고 상업적인 측면보다 정신적인 측면이 강조되는 사회 문화적 풍토 조성에 노력해야 할 것이다.

이익사회에서 공동사회로의 탈바꿈을 위한 끊임없는 시도가 있어야 한다. 인간은 공동체를 이루며 살아가는 존재이다. 타인과 함께 삶을 공유하지 않는다면 그 삶의 의미는 퇴색되어버릴 것이다. 청소년들은 타인을 이익을 위한 수단이 아니라, 공동체를 동료로서 대우하고, 그들을 위해 희생할 때 우리의 미래는 보다 빛을 바랄 것이다.

(가져온 곳 : 온고을 글터, 전주시립도서관, 1999년, 148~150쪽)

위의 글에 대하여 글짓기와 관계된 문제점(그다지 중요하지는 않다고 본다.)과 논술과 관계된 문제점(매우 중요하다고 본다.)의 두 가지를 말하고자 한다.

독일 사회학자 퇴니에스는 사회를 공동사회와 이익사회로 구분했다. 공동사회에는 가족, 이웃, 친구관계가 속하며, 이익사회는 그 이외의 대부분의 관계가 포함된다. 사람들은 사회에서 대부분 이익사회에 속하면서 이해관계가 전제되어 있는 유대관계를 맺으며 살아간다. 이러한 사회에서는 물질 만능주의와 배금주의가 만연되어 있다. 기업체, 약사회, 의사회 등의 이해집단들이 이에 속한다.

위의 단락에서 밑줄 친 부분을 보면 공동사회의 보기를 곧바로 말하면서 이익사회의 보기는 이익사회의 특성을 말하고 나서 뒤에다 보기를 갖다 놓았는데 일반적으로 대립이나 대조적인 상황은 동일선상에서 붙여 놓아 표현하는 것이 좋다고 생각한다.

위의 단락에 대한 비판을 바탕으로 아래와 같이 위의 단락을 고쳐본다.

독일 사회학자 퇴니에스는 사회를 공동사회와 이익사회로 구분했다. <u>공동사회에는 가족, 이웃, 친구관계가 속하며, 이익사회에는 기업체, 약사회, 의사회 등의 이해집단들이 포함된다. 사람들은 대부분 이익사회에 속하면서 서로가 이해관계가 전제되어 있는 유대관계를 맺고 살아가며 이러한 사회에서는 물질만능주의와 배금주의가 만연되어 있다.</u>

흔히 논술형태의 글인 신문사설이나 논문을 읽다 보면 결론을 말하기 전에 서론과 본론의 내용을 종합적으로 이야기하고 나서 결론을 말하는 단락이 있다고 생각한다.

하지만 본론에서 주제와 관련하여 이야기를 한 경우에는 앞에서 본 김지선 학생의 글처럼 "제시된 두 인물에 대한 논의를 통해 청소년들에게 요구되는 삶의 자세를 생각해 볼 수 있다."고 하면서 곧바로 결론을 말할 수 있다고 생각한다.

본론과 결론의 사이에 있는 그 단락은 서론과 본론에서 이야기하는 것을 종합적으로 따져서 결론을 말하기 위한 준비운동(?)을 하는 단락이라고 생각한다.

다음의 단락은 결론을 말하기 위한 준비운동을 하는 단락에 해당된다고 보는데 문제는 서론과 본론의 내용을 종합하는 말이 없다는 것이다.

청소년기는 가치관이 정립되는 시기이다. 이러한 중요한 시기에서 청
소년들은 삶에 대한 진지한 사색과 반성이 필요하다. 청소년들이 가져야
하는 참다운 삶은 정신적인 측면에서 찾아야 할 것이다. 이러한 목적을
달성하기 위해서는 청소년들의 의식개혁과 정부의 제도 개선 노력이 있
어야 한다.

위의 단락을 보면 청소년의 가치관을 정립하기 위해서 진지한 사
색과 반성이 필요하기에 청소년들은 정신적인 측면에서 참다운 삶을
찾아야 한다고 했다. 이 말에서 청소년들이 자신의 가치관 정립을 위
해서 진지한 사색과 반성이 필요한 것은 어떤 조건과 관계없이 필요
하다고 생각되지만 정신적인 면에서만 꼭 참다운 삶을 찾아야 하는
절대진리가 있는 것은 아니라고 보며 또한 '정신적인 면'이라는 것이
너무나 막연한 개념이라고 생각하지만 실은 위의 단락에서 "청소년들
이 가져야 하는 참다운 삶은 정신적인 측면에서 찾아야 한다."라는
문장이 놓인 자리에는 서론과 본론에서 이야기한 내용을 종합한 것이
놓여야 하는데 이 학생이 서론과 본론의 이야기를 종합하지 못해서
(않아서) 결과적으로 "청소년들이…… 찾아야 한다."라는 문장으로 얼
버무린 것이 되었다고 본다.

그래서 위의 단락에 대한 글쓴이의 비판을 바탕으로 학생이 얼버
무린 "청소년들이…… 찾아야 한다."라는 문장을 지우고 이 문장에
놓여할 내용을 글쓴이가 나름대로 아래 단락에서 밑줄친 부분과 같이
'글짓기'(?)를 해놓았다.

청소년기는 가치관이 정립되는 중요한 시기이다. 이러한 중요한 시기
에 청소년들은 삶에 대한 진지한 사색과 반성이 필요한데, 오늘날 청소
년들은 이익사회의 틀 속에서 서로를 공생적 개념으로 여기지 않고 대립
적 개념으로 보기에 청소년들 사이에는 '희생정신의 부재현상'(김인찬 학
생이 말한 것을 따온 것임)이 나타나는 상태에서 선사와 오봉의 '공리주

의적'(이 말도 김인찬 학생이 말한 것을 따온 것임) 행위는 이익사회에서
도 공동사회적 생각과 행동이 사회를 유지하기 위해서 필요하다는 것을
말하는 것으로 생각할 수 있기에, 이러한 공리주의적 사고를 청소년들의
가치관 정립에 참고를 하여야 할 것으로 본다. 이러한 목적을 위해서 청
소년들의 의식개혁과 정부의 제도 개선 노력이 있어야 한다.

　다음의 두 단락을 보자!

　청소년들은 자신에 대한 깊은 성찰을 통해 인간의 존엄성을 깨달아야
한다. 타인도 모두 존귀하다는 생각을 지니고 타인을 위해 희생할 수 있
는 이타주의적 사고를 가질 필요가 있다. 또한 정부는 물질적이고 상업
적인 측면보다 정신적인 측면이 강조되는 사회 문화적 풍토 조성에 노력
해야 할 것이다.

　이익사회에서 공동사회로의 탈바꿈을 위한 끊임없는 시도가 있어야 한
다. 인간은 공동체를 이루며 살아가는 존재이다. 타인과 함께 삶을 공유
하지 않는다면 그 삶의 의미는 퇴색되어버릴 것이다. 청소년들은 타인을
이익을 위한 수단이 아니라, 공동체를 동료로서 대우하고, 그들을 위해
희생할 때 우리의 미래는 보다 빛을 바랄 것이다.

　위의 두 단락은 이 글의 결론인데 두 단락에서 밑줄 친 부분을
보자!
　첫째 단락에서 나오는 '타인을 위해 희생할 수 있는 이타주의적
사고'라는 말과 둘째 단락에서 나오는 '타인을 이익을 위한 수단이
아니라, …… 그들을 위해 희생할 때 우리의 미래는 보다 빛을 바랄
것이다.'라는 말은 같은 말이 아닌가?
　학생은 '인간존엄성'이란 말과 '이익사회와 공동사회'라는 말을
결론에서 말해야 하는 부담감(논술경시대회측의 요구사항 때문이 아
닐까 글쓴이는 짐작해 봄) 때문에 다 같은 말인 밑줄 친 부분의 말

가운데 앞의 밑줄 친 부분은 '인간존엄성'과 엮어놓고 뒤의 밑줄 친 부분은 '이익사회와 공동사회'와 엮어놓았던 것이 아닌가하고 글쓴이는 생각한다.

그리고 어떤 부담감을 안고 엮어놓은 것은 결과적으로 같은 말을 되풀이하는 것이 되어 뒤의 결론은 군말이 되었다고 글쓴이는 생각한다.

앞에서 살펴본 김지선 학생이 쓴 글로 돌아가면 김지선 학생이 결론에서 같은 말을 되풀이한 것을 글쓴이가 짚었고 그리고 나서 뒤의 결론은 군말로 여기고 뒤의 결론을 지우면서 김지선 학생의 글을 글쓴이 나름대로 손질해 놓은 것을 참고했으면 한다.

위의 두 단락에서 군말뿐만이 아니고 또 문제점이 있는데 위의 두 단락에서 음영을 준 두 문장은 일종의 명제적인 문장으로 이 문장에 문제점이 있다고 생각한다.

논술(사설, 논문)에서 명제적인 문장을 사용할 때도 일정한 개념의 용어(오영수 학생의 글을 비판하여서 설명했음)를 사용할 때와 마찬가지로 주의를 해야 한다.

음영을 준 첫째의 문장에서 '자신에 대한 깊은 성찰'과 '인간존엄성'이란 개념이 무슨 뜻인가?

본론에서 '자신에 대한 깊은 성찰'의 뜻을 설명하는 것이나 이와 관계된 상황이 없는 것으로 보인다.

그리고 본문의 둘째 단락에서 인간의 존엄성이란 개념과 관계된 것이 "유물론적 가치관의 확산으로 인간의 존엄성이나 삶에 대한 진지한 사색보다는 물질적인 측면이 더 강조되는 것이 사실이다."라는 문장에서 보이는데 이 문장에서 '인간의 존엄성'이 나오지만 인간의 존엄성이란 낱말만이 있는 것이지 그 뜻이 막연하다고 생각한다.

글에서 사용되는 개념은 늘 뚜렷해야 하며 그리고 결론부분에서 사용되는 개념은 서론과 본론에서 그 개념에 대하여 설명되었거나 관계된 상황이 있어야 하고 그렇지 않으면 별도로 결론부분에서 설명을 하고 나서 무슨 결론을 내려야 한다고 생각하는데(뒤에 나오는 최대혁 학생의 글을 통해서 자세히 살펴보기로 하자!) 김인찬 학생은 '자신에 대한 깊은 성찰'과 '인간의 존엄성'에 대한 설명도 없었고 이와 관계된 상황이 서론과 본론에서 없는데 김인찬 학생도 앞의 오영수 학생과 비슷하게 그냥 갖다 붙이는 식으로 "청소년들은 자신에 대한 깊은 성찰을 통해 인간의 존엄성을 깨달아야 한다."고 했고 이렇게 갖다 붙이는 식으로 해 놓은 것은 잘못된 것으로 지워야 한다고 본다.

그리고 두 번째의 음영을 준 "이익사회에서 공동사회로의 탈바꿈을 위한 끊임없는 시도가 있어야 한다."란 명제에도 잘못이 있다고 생각한다.

"이익사회에서 공동사회로의 탈바꿈을 위한 끊임없는 시도가 있어야 한다."라는 말은 이익사회의 틀을 공동사회의 틀로 완전히 바꾸어야 한다는 뜻으로 들리는데 이렇게 할 수는 없는 것이라고 글쓴이는 생각하고 이 말도 잘못된 말로 지워야 한다고 생각한다.

두 명제를 지우고 나서 글쓴이가 두 단락을 잘 살펴보니까 둘째 단락에서 보이는 "인간은 공동체를 이루며 살아가는 존재이다."라는 말을 중심으로 첫째 단락과 둘째 단락에 있는 내용을 묶어서(짜깁기) 이야기를 해놓으면 글의 결론으로 어느 정도 마무리될 것으로 생각하여 이렇게 했다.

아래 단락은 글쓴이가 나름대로 위의 첫째와 둘째의 단락에 있는 내용을 짜깁기해 놓은 것이며 밑줄 친 부분은 글쓴이가 덧붙인 것이다.

인간은 공동체를 이루며 살아가는 존재이다.

그래서 공동체 속의 각 개인들은(글쓴이가 보탠 문구임) 타인과 함께 삶을 공유하지 않는다면 각 개인들의 삶의 의미는 퇴색되어 버릴 것이기에 현재 이익사회(글쓴이가 보탠 문구로 본론에 있는 개념을 결론에서 직접적이든 간접적이든 사용하는 것이 좋다고 본다.) 속의 청소년들은 공리주의적 발상(본문에 나온 문구를 글쓴이가 끼운 것임)을 바탕으로 타인을 이익을 위한 수단이 아니라, 공동체를 함께 살아가는 동료로서 대우하고 그들을 위해 때로는 희생할 수 있는 이타주의적 사고가 필요하다고 생각한다.

공동체의 이러한 성격으로 '청소년들은 비록 몸은 이익사회에 머물고(본문에 나온 "청소년들은 이러한 이익사회에서 친구를 경쟁상대로 인식하거나……"라는 말에서 따온 것임) 있지만 공동체를 위하여 공동사회적 생각과 행동을 '자신의 가치관'(본문에서 나온 "청소년기는 가치관이 정립되는 중요한 시기이다."라는 말에서 따온 것임)에 포함하여야 한다고 생각한다(글쓴이가 보탠 문구임).

또한 정부는 물질적이고 상업적인 측면보다 정신적인 측면이 강조되는 사회 문화적 풍토 조성에 노력해야 할 것이다.

이제까지 글쓴이가 김인찬 학생의 글에서 첨삭설명한 것을 아래와 같이 고친 글이라는 이름으로 정리해 놓았으니까 원본글과 비교해서 읽어주기를 바라는 마음이고 아래의 여섯 개의 단락에서 1.번과 5.번과 6.번은 글쓴이가 첨삭한 것이고 2.~4.번은 원본 그대로 옮겨 놓았다.

고친 글

1. 독일 사회학자 퇴니에스는 사회를 공동사회와 이익사회로 구분했다. 공동사회에는 가족, 이웃, 친구관계가 속하며, 이익사회에는 기업체, 약사회, 의사회 등의 이해집단들이 포함된다. 사람들은 대부분 이익

사회에 속하면서 서로가 이해관계가 전제되어 있는 유대관계를 맺고 살아가며 이러한 사회에서는 물질만능주의와 배금주의가 만연되어 있다.

2. 현대사회는 급속한 물질문명의 발달로 인해 점차 '이익사회'가 되어 가고 있다. 유물론적 가치관의 확산으로 인간의 존엄성이나 삶에 대한 진지한 사색보다는 물질적인 측면이 더 강조되는 것이 사실이다. 이익사회에서는 이윤이 최상의 가치이다. 이러한 사회에서 인간은 단순히 이익을 위한 수단으로 전락하기 쉽다. 자신에게 이익이 되는 일에만 협력하고, 모두를 위해 자신을 버리는 희생정신은 더 이상 찾아보기 힘들게 되었다.

3. 청소년들도 이러한 사회적, 문화적 변동에 예외는 아니다. 청소년들은 이러한 이익사회에서 친구를 경쟁상대로 인식하거나 밟고 올라서야만 하는 존재로 생각하기 쉽다. 또한 자신의 이익을 위한 협력으로 인해, 친구관계는 가식적이고 허위적인 상태가 되기 쉽다. 자기의 이익에 냉철하고, 자신에게 도움이 되지 않는 행동은 하지 않으려는 경향이 심화된다. 이러한 경향은 희생정신의 부재라는 현상으로 나타난다.

4. 제시문에서의 선사와 오봉은 대의를 위한 희생이라는 점에서 일반적인 청소년들과 다른 양상을 보인다. 선사는 상원사의 수호와 같은 높은 신념이라는 대의를 위해 죽음도 불사한 것이다. 오봉은 사람의 생명을 경시하는 악습을 철폐하기 위해 추장이라는 높은 지위에도 불구하고 자신을 희생한 것이다. 이러한 인물들의 행동은 자신의 이익보다는 모두를 위하는 공리주의적 발상에서 나온 행동으로서 큰 의미를 갖는다.

5. 청소년기는 가치관이 정립되는 중요한 시기이다. 이러한 중요한 시기에 청소년들은 삶에 대한 진지한 사색과 반성이 필요한데, 오늘날 청소년들은 이익사회의 틀속에서 서로를 공생적 개념으로 여기지 않고 대립적 개념으로 보기에 청소년들 사이에는 희생정신의 부재현상이 나타나 글쓴이가 상태에서 선사와 오봉의 공리주의적 행위는 이익사회에서도 공동사회적 생각과 행동이 사회를 유지하기 위해서 필요하다는 것을 말하는 것으로 생각할 수 있기에, 이러한

공리주의적 사고를 청소년들의 가치관 정립에 참고를 하여야 할 것으로 본다. 이러한 목적을 위해서 청소년들의 의식개혁과 정부의 제도 개선 노력이 있어야 한다.

6. 인간은 공동체를 이루며 살아가는 존재이다.

그래서 공동체 속의 각 개인들은(글쓴이가 보탠 문구임) 타인과 함께 삶을 공유하지 않는다면 각 개인들의 삶의 의미는 퇴색되어 버릴 것이기에 현재 이익사회(글쓴이가 보낸 문로 본론에 있는 개념을 결론에서 직접적이든 간접적이든 사용하는 것이 좋다고 본다.) 속의 청소년들은 공리주의적 발상(본문에 나온 문구를 글쓴이가 끼운 것임)을 바탕으로 타인을 이익을 위한 수단이 아니라, 공동체를 함께 살아가는 동료로서 대우하고 그들을 위해 때로는 희생할 수 있는 이타주의적 사고가 필요하다고 생각한다.

공동체의 이러한 성격으로 '청소년들은 비록 몸은 이익사회에 머물고(부분적으로 본문에 나온 "청소년들은 이러한 이익사회에서 친구를 경쟁상대로 인식하거나……"라는 말에서 따온 것임) 있지만 공동체를 위하여 공동사회적 생각과 행동을 자신의 가치관(부분적으로 본문에서 나온 "청소년기는 가치관이 정립되는 중요한 시기이다."라는 말에서 따온 것임)에 포함하여야 한다고 생각한다'(전체적으로 글쓴이가 보탠 문구임).

또한 정부는 물질적이고 상업적인 측면보다 정신적인 측면이 강조되는 사회 문화적 풍토 조성에 노력해야 할 것이다.

이제는 세 학생의 글을 글쓴이 나름대로 평가해 보고자 한다.

김지선 학생은 글의 줄거리 개념들을 논리적으로 서로 잘 이어놓아서 글 내용 자체는 우수상을 받을 만했는데 글에서 군말이 있었고 글이 설명적으로 흘러서 장려상을 받은 것으로 생각한다.

오영수 학생의 글에는 군말이 없었고 오영수 학생은 논술의 틀에 대하여는 이론적으로 알고 있는 것으로 보이는데 알고 있는 것과 같이 현실의 실전논술에서는 글의 줄거리 개념들을 서로 무슨 끈과 같은 것으로 이어(엮어)놓지 못하고 눈 가리고 아옹하듯이 해서 무늬만 논술이 되었고 생각한다.

김인찬 학생은 본론과 결론의 중간에서 본론과 서론을 종합하고 그리고 명제적 문장을 올바로 사용했다면 글쓴이도 김인찬 학생의 글을 우수상이라고 말했을 터인데 아쉽다.

글쓴이가 보기에 세 학생의 논술실력에 순위를 메긴다면 김지선 학생이 1등이고 김인찬 학생이 2등이고 오영수 학생이 세 학생 가운데 꼴찌라고 생각한다.

김지선 학생은 글에서 군말이 보였고 글이 설명적으로 흘렀지만 논리적 모순이 거의 없이 엮어내기를 잘했다고 생각하기 때문이다.

김인찬 학생의 글도 냉정하게 보면 오영수 학생의 글처럼 0점인데 수학문제를 푸는 과정에서 부분점수를 준다는 논리로 봐서 60점이라고 생각한다. 왜냐하면 서론에서 본론에 이르기까지는 문제가 없었다고 보기 때문이다. 김인찬 학생의 글에서 "이익사회에서 공동사회로의 탈바꿈을 위한 끊임없는 시도가 있어야 한다."라는 문장에 나타난 잘못과 또 글쓴이가 김인찬 학생의 글을 비판하면서 '얼버무렸다'는 말을 했던 부분에 나타난 잘못인 두 가지 잘못이 없었다면 김인찬 학생이 쓴 글은 우수상을 받을 만했다고 글쓴이도 생각한다.

오영수 학생의 논술에는 논리 자체가 없기에 0점이다.

이제까지 세 학생이 쓴 논술을 가지고 글쓴이 나름대로 첨삭설명을 했는데 글짓기 3요소 가운데 대체로 문장짓기와 주변지식은 모든 사람들에게 똑같이 주어졌다고 할 때 사람들 가운데 글짓기를 잘하는가를 알아볼 수 있는 가늠자는 엮어내기를 잘 하고 못하고에 달렸다고 생각한다.

글쓴이는 '글짓기 교실 3(엮어내기)'에서 '용자와 미인'이란 글을 가지고 엮어내기에 대하여 설명했는데 거기에서 있던 내용으로 그 일부분을 다시 아래와 같이 옮겨 놓으니 아래의 내용을 읽고 다음으로 넘어가고자 한다.

용자의 개념과 역사상의 인물들을 '엮어서' 무지개 빛깔이란 것을 이끌어 냈고 일반여자와 미인을 엮어서 노을의 빛깔이란 것을 이끌어 냈다.

그리고 무지개 빛깔과 노을의 빛깔을 엮어서 노을의 빛깔은 무지개 빛깔에 의해서만 어울리기에 용자만이 미인을 얻는다는 것은 당연한 논리라고 주장하는 것이 위의 '용자와 미인'의 내용이다.

글쓴이가 글짓기의 세 가지 가운데 '엮어내기'에 대하여 설명하고 있는데 엮어내기란 다름이 아니라 위에서 말하는 '이끌어내기'를 말하는 것이며 글을 쓰는 사람은 일정한 주제와 이 주제와 관계된 주변지식을 잘 엮어서 글을 전개하는 과정에서 일정한 주제를 뒷받침할 수 있는 그 무엇을 이끌어내어야 하고 이 이끌어낸 것으로 일정한 주제를 나름대로 주장하는 것이 모든 글의 핵심이 되고 그 이끌어낸 것에 사람들이 어느 정도 공감을 하느냐에 따라서 대체로 글이 잘 된 글이 되느냐, 잘 못 된 글이 되느냐하는 것이 결정된다고 본다.

글에서 엮어내기를 하는 방법은 대체로 세 가지가 있다고 본다. 첫째로 어떤 상황에서 그 어떤 개념을 이끌어내든가(김인찬 학생은 오봉의 행위에서 공리주의적 사고를 이끌어 냈다.)하는 방법이고 둘째로 개념과 개념을 엮든가(오영수 학생은 "생명경시는 인간 존중의식도 약화시키며 인간을 목적이 아닌 수단으로 여기게 한다."에서 '생명경시는 인간존중의식도 약화시키며'라는 말은 개념과 개념을 엮는 것으로 글쓴이가 생각하는데 결과가 잘못되었음) 하는 방법이고 셋째로 개념과 상황을 엮어서(글쓴이가 쓴 용자와 미인에서 용자의 개념과 역사상의 인물들을 엮어서) 글을 펼쳐가서 마침내 어떤 결론에 이르는 것이라고 본다.

글쓴이는 1997년도에 어느 신문에서 어떤 사람이 '예술'이란 말을 하면서 예술은 고상하고 품위가 있는 무엇이라고 하는 기사를 읽고서 예술이란 것을 깊이 따져보면 별것이 아니라는 것을 아래와 같이 '기술과 예술 및 장사'이란 제목으로 통신상의 게시판에 올렸었다.

이 글을 보여주는 것은 개념과 개념을 엮은 것에 대한 간단한 보기(비록 글쓴이가 쓴 글이지만)가 될 수 있다고 생각하기 때문이다.

기술과 예술 및 장사

1. 기술의 개념
2. 예술의 개념
3. 장사의 개념
4. 맺음말

1. 기술이란
   어떤 반복된 일을 숙달된 상태로 행하는 자체로
   일정한 기술을 습득하려면 '훈련'과 '연습'이 필요한데
   기술에는 '단순(저급)기술'과 '가공(고급)기술'이 있겠다.
   단순기술의 보기는 청소하는 것, 밥 짓는 것들이다.
   가공기술은 타자 잘치는 것, 컴퓨터 잘하는 것들이다.
   좀더 설명하면
   문학을 한다고 시, 소설, 희곡을
   쓰는 사람들은 '문학기술자'라고 할 수 있다.
   이렇게 보면
   정치가는 정치기술자이고
   프로야구선수는 야구기술자이고
   프로바둑기사는 바둑기술자이고
   영화감독은 영화기술자라고 볼 수 있다고 본다.
2. 예술이란
   어떤 기술이 발휘되었을 때
   발휘된 상태가 어느 정도의 등급인가

곧 사람들이 아름답다고 평가는 정도에 따라서
이를테면 80점 이하이면 단순히 기술에 불과하고 할 수 있고
아름답다고 하는 평가가 80점을 넘으면 예술이라고 할 수 있다고
본다.
3. 장사란
무엇을 두 사람 사이에서 거래하는 자체로
장사의 매개체는 기술행위(기술이 발휘된 상태)와 돈이다.
4. 아무튼
일반사람들이
예술이라고 하는 것도
어디까지나 기술의 결과물이고 장사의 매개물일 뿐이다. 1997.

위의 글을 논술적인 관점에서 읽으면 본론은 있는데 서론과 결론은 없는 듯한 느낌이 생길 것이라고 생각한다.

글쓴이가 위의 글을 쓸 때 글쓴이가 하고 싶은 이야기를 짤막하게 하기 위해서 본론만을 말해서 글이 이렇게 되었다.

위의 글에서 글쓴이가 '기술'이란 이런 것이라고 했고, '예술'이란 어떤 기술이 발휘되었을 때 발휘된 상태의 등급을 말하는 것으로 풀이했고, '장사'란 무엇을 두 사람 사이에서 거래하는 것으로 말하면서 예술이란 것은 장사의 매개물일뿐이다라는 말로 글을 맺었다.

아무튼 위의 글은 '기술', '예술', '장사'란 세 개념을 엮는 것을 보여주는 보기로서 위의 글은 서론과 결론이 없는 듯한데 서론과 결론을 덧붙이면 논술적인 글이 될 수 있는 것으로 따지고 보면 논술이란 것이 별것이 아니다라는 것을 말하려고 글쓴이는 글쓴이가 쓴 '기술과 예술 및 장사'라는 글에 대하여 길게 말하는 것이다.

그럼 '기술과 예술 및 장사'에 대한 서론과 결론을 아래와 같이 짤막하게 쓰고자 하며 이렇게 하면 '기술과 예술 및 장사'의 글은 그런 대로 논술적인 글로서 그다지 나무랄 데가 없다고 생각한다.

'기술과 예술 및 장사'의 서론

요즘 신문을 보면 예술이란 것에 대하여 어떤 사람이 이렇게 저렇게 말잔치를 하는 것이 보이는데 예술이란 것을 잘 알기 위해서는 기술, 예술, 장사의 세 개념의 상관관계을 알아야 할 것으로 생각하여 이 세 개념에 대하여 살펴보고자 한다.

'기술과 예술 및 장사'의 본론

지금까지 기술, 예술, 장사의 각각의 개념과 이 세 개념의 상관관계에 대하여 살펴본 바와 같이 예술의 겉모습과 속모습을 제대로 알고 나면 예술이란 것이 올라갈 수 없는 하늘에 떠 있는 것이 아니라 땅에 붙어 있거나 땅위의 빈 공간인 하늘아래의 사람이 손을 뻗으면 닿을 수 있는 어느 공간에 있는 것이라는 것을 알 수 있었다고 보기에 예술이란 것에 이런 저런 온갖 미사여구로 포장하는 것은 예술이란 이름으로 예술가라고 하는 사람들을 허위의식으로 포장하는 것은 예술이란 이름으로 예술가라고 하는 사람들을 허위의식으로 포장하는 것이라고 생각한다.

참고로 어느 누리집 게시판에서 본 글 가운데 개념과 개념을 엮어 놓았다고 생각하는 글을 아래와 같이 옮겨 놓는다.

글쓴이 조영환 추천수 6 등록일 2002년 09월 18일
제목 자유, 방자, 법 그리고 문학 조회수 21

아래의 글을 보면
문학과 법과 자유 그리고 방자란 네 개념을 가지고
엮어서
"문학의 자유는
법을 넘어선 것이지

법을 피하는 것이 아니라고 본다"라는 말을 이끌어내는 것을 볼 수 있다.

ㅡ 조영환님의 글입니다. ㅡ

문학이 법학보다 더 멋이 있다고 내가 믿는 이유는 문학은 규칙과 법을 넘어선 창조적인 일탈과 약간의 방탕이 허용되기 때문이다. 직선과 곡선이 절묘하게 조화를 이룬 난초잎이 문학의 멋을 가장 잘 상징해주는 것 같다. 직선보다는 약간 굽어지는 일탈의 멋을 우리는 난초잎에서 볼 수 있다. 직선인 듯하면서 곡선을 이루는 난초잎의 '굽은 직선성'은 직선보다 더 직선적이다. 난초 잎은 자유와 일탈이 있는 직선이라서 아주 멋있다. 그래서 우리 나라의 절개있는 선비들이 곧은 듯이 휘어진 잎을 가진 난초를 그렇게 좋아 한 것 같다.

아무튼 법은 직선적이고 정확해야 제맛이 난다. 직선은 직선이고 곡선은 곡선인 것이 법의 세계이다. 하지만, 문학은 조금 삐딱해야 제멋이 나는 것 같다. 나에게 문학의 상징은 학의 춤이고, 법학의 상징은 저울이다. 일탈과 불규칙이 문학의 저력인 것 같다. 인문학을 하는 사람에게 법은 딱딱하고 재미가 없고 멋이 없어 보인다. 그래서 될 수 있으면, 문학하는 사람들은 갈등을 법이나 규칙에 끌고 가지 말아야 한다고 나는 믿는다. 문학적 일탈이 법의 잣대로 재단되면, 누울 침대가 모자란다고 사람의 다리를 자르는 우를 범하는 것 같이 보인다.

하지만, 간혹 문학의 창조적 일탈과 멋을 방자와 자학으로 착각한 자들이 있는 것 같다. 문학의 이름으로 자기 꼴리는 대로 날뛰는 것은 낮은 수준인 법의 효율성도 지키지 못하는 것이다. 문학은 법의 효율성을 넘어선 것이 아닌가? 문학의 멋을 즐기려면, 법이 요구하는 딱딱하고 직선적인 규율을 먼저 넘어서야 되는 것이 아닌가? 아주 간단한 법, 즉 남의 사생활을 들추거나 남의 인격을 지속적으로 무참하게 짓밟으면서 무슨 문학을 한단 말인가? 물론 논쟁을 하다보면 일시적으로 남의 아픈 곳을 건드리거나 약점을 깔아뭉개기도 한다. 하지만, 며칠에 걸쳐서 남의 인격을 모독하고 행패를 부려서 동참하는 네티즌들에게 폐를 끼치는 행위는 법적 제제를 받는 불행한 결과를 몰고 오지 않겠는가?

　매우 불행한 경우이겠지만, 주어진 자유와 관용을 감당하지 못하여 방탕하고 퇴폐적인 자들은 문학의 멋을 누릴 것이 아니라 법의 제제를 당할 수 있다. <u>문학의 자유는 법을 넘어선 것이지 법을 피하는 것이 아니라고 본다.</u> 여기에서 남의 사적 정보를 올리는 것도 문제가 되지만, 악의적으로 남을 비방하고 헤코치하는 것도 문제인 것 같다. 문학을 한다는 사람들은 다른 분야의 사람들보다 더 여유가 있고 품위가 있을 줄 알았는데, 그렇지도 않는 것 같다. 깡패식의 우격다짐과 사기꾼같은 속임수를 즐기는 자들이 문학 사이트에 설치는 것 같다. 차라리 장사하는 사람들이 작은 일에 훨씬 더 여유가 있는 것은 왜일까? 주어진 자유와 멋을 포기하고 법의 힘을 빌려야 정신을 차리는 사람들은 문학정신을 모독하는 자들이 아닌가? 문학을 잘 모르는 나에게 창게는 많은 것을 가르쳐 준다.

(가져온 곳:www.changbi.com)

　이제는 마지막 논술을 살펴보며 논술에 대한 실전분석을 마치고자 하는데 앞으로 살펴볼 마지막 논술은 글의 흐름에 막히는 곳이 전혀 없는 것으로 보여서 글쓴이는 '최우수상'이라고 생각하는데 '우수상'을 받는 논술이다.

　마지막으로 살펴볼 논술에는 앞의 세 학생의 글에서 나타난 문제점이 글쓴이의 눈에는 거의 보이지 않았는데 보이지 않은 까닭을 네 학생의 글을 서로 비교해서 설명하면서 고등부 논술을 마치고자 한다.

힘에 의한 진리왜곡을 풀 수 있는 열쇠(우수상)

○○고 최대혁

피타고라스가 직각 삼각형이 밑면의 제곱과 높이의 제곱의 합은 빗면의 제곱과 같다는 그의 정리를 발견했을 때 만약 빗면이 2일 경우에는 밑면과 높이는 무엇이 되느냐는 의문이 제기되었다.

당시 수학계의 권위자였던 피타고라스에게 그러한 의문은 피타고라스의 권위를 실추시킬 수 있는 문제였으며 따라서 피타고라스는 그러한 의문은 제기하는 제자들을 엄중하게 처벌하여 그들의 입을 막으려 했다는 유명한 일화가 있다.

피타고라스는 자신의 힘을 이용해 진리를 왜곡하려 했던 것이다.

제시문에 제시된 상황도 이러한 권위에 의존한 진리의 왜곡이 여실히 보여지고 있다.

주인공 비비도는 바로 그러한 현실을 문제삼고 있으며 그 속에서 목숨을 걸고라도 그러한 모순된 현실에 타협하지 않으려는 강력한 의지를 보여주고 있는 것이다. 자신들의 권력을 흔들리게 할 수 있는 것들은 관계없이 이단이라 규정하여 자신들의 힘을 빌어 그러한 자신들의 기준에 맞춘 이단자들을 폭력과 억압이라는 강제적 수단으로 규제하는 사제들과 그에 저항하지 못하고 자신의 생명보존을 위해 쉽게 생각을 바꾸어 그들에게 장단을 맞추는 백성들을 비비도는 모두 비판하고 있다.

이러한 기회주의적인 태도는 오늘의 현실에서도 쉽게 찾아볼 수 있다.

자신의 한 몸 세우기에 급급하고 자신의 이익에만 골몰하는 현대인들 그들에게 무엇이 옳고 무엇이 그른 것인지는 그리 중요하지 않다. 그저 자신에게 이익이 되는 것이 옳은 것이고 그것에 반하면 그른 것이라는 규정할 뿐이다.

건설공사의 현장에서 감사원이 부실을 발견하고서도 권력과 연관된 지배층이 힘으로 그것을 무마하려하고 또 자신의 직업을 잃지 않기 위해 쉽게 그것에 동조하는 감사원도 현대 사회에서 힘의 의해 진리를 왜곡하는 한 사례라 볼 수 있으며 그러한 현상은 보수성과 무사안일주의의 단점을 가지고 있는 오늘날의 관료제 사회에서 더욱 흔한 현상이다.

이처럼 위선의 모습에 장단을 맞추고 그른 것을 알면서도 자신의 기반유지를 위해 그것을 숨기는 현상을 바로잡기 위한 방법은 무엇인가?

먼저 지배층의 개방자세가 필요하다 하겠다.

자신들의 권위를 유지하기 위하여 진리를 왜곡하는 일은 사회를 발전시킬 수 없으며 오히려 사회를 퇴보시킬 뿐이라는 사실을 그들은 알아야 한다. 따라서 기존의 권력구조의 틀에서 벗어나 더 나은 이론이나 확실한 진리가 있다면 그것을 열린 마음으로 받아들일 자세가 되어 있어야 하는 것이다. 이것은 다원주의 사회에서 가장 필요한 창의력을 낳게 할 수 있는 기본자세가 될 것이다. 이러한

개방자세는 학문하는 사람 그리고 정치가들에게 더욱 필요할 것이며 자신보다 타인을 생각할 줄 아는 자세를 배우게 할 수 있을 것이다.

또한 우리는 주체의식을 가져야 한다. 힘에 의해 자신의 의견을 쉽게 변경한다면 우리 사회는 힘에 의한 억지가 만연할 것이며 진리란 찾아볼 수 없을 것이다.

코페르니쿠스의 천동설에 대항하여 그 힘에도 굴하지 않고 지동설을 진리로 탄생시킨 갈릴레이의 자세가 바로 그것인 것이다.

현대는 아직도 비비도가 살고 있던 시대에서 벗어나지 못하고 힘과 권력 또는 돈에 의해 쉽게 진리가 왜곡되고 있다. 그러므로 우리는 그것이 진리라면 끝까지 그것을 관철할 수 있는 주체의식을 가져야 하며 또한 옳지 않은 일이라면 진리에 기꺼이 자리를 내줄 수 있는 열린 마음의 자세를 가져야 하겠다. 즉, 부끄럽지 않은 삶 자기 자신에게 가장 솔직할 수 있는 삶만이 오늘날 힘에 의한 진리왜곡문제를 풀 수 있는 열쇠가 될 것이다.

(가져온 곳 : 온고을 글터, 전주시립도서관, 2000년, 66~68쪽)

최대혁 학생이 쓴 위의 글은 논술의 전형적인 틀에 맞게 썼다고 보며 그리고 앞의 세 학생의 글에서 비판한 여러 가지의 문제점이 거의 없는 글로 정말로 완벽한 논술이라고 생각한다.

이 논술은 피타고라스의 정리와 그 일화에서 실마리를 찾아내어 제시문의 비비도와 연결하고 비비도가 살고있는 사회에서 일어난 권위에 의한 진리왜곡 현상은 현실의 건설공사 현장에서 감사원 직원의

행위에서도 찾아볼 수 있다고 하면서 이에 대한 방법을 제시한다.

힘에 의한 진리왜곡현상을 막아내는 방법은 두 가지로 그 하나는 지배층이 개방자세를 간직해야 하고 다른 하나는 일반대중이 주체의식를 가져야 한다고 하면서 글을 마무리하고 있다.

최대혁 학생이 글을 앞에서 비판한 세 학생의 글과 단순히 비교해 본다.

<u>첫째로</u> 최대혁 학생의 글에서는 김지선 학생이 글에서 너무 지나치게 많이 보이는 군말이 없다는 것인데 이에 대하여는 최대혁 학생의 글을 다시 읽어보면 알 수 있다고 생각하기에 달리 설명은 하지 않고자 한다.

<u>둘째로</u> 최대혁 학생이 쓴 글에서는 오영수 학생이 쓴 글에서 비판한 것인 글의 줄거리 개념들은 서로 유기적으로 연결되어 있어야 한다는 비판을 받을 필요가 없다고 생각한다. 이에 대하여는 잠시 살펴보자.

최대혁 학생은 현재의 관료사회에서도 힘에 의한 진리왜곡현상이 일어나는 것을 막는 방법으로 지배층의 개방자세와 일반대중의 주체의식을 말하고 있다.

최대혁 학생은 '지배층의 개방자세'와 '일반 대중의 주체의식'이란 개념을 꺼냈으나 이 두 개념은 글의 서론과 본론에 없는 개념이지만 이 두 개념을 힘에 의한 진리 왜곡현상과 유기적(?)으로 '엮어놓으며' 글을 펼쳐갔다고 본다.

최대혁 학생은 힘에 의한 진리왜곡현상이 일어나지 않기 위해서는 지배층이 개방자세가 필요하다는 말하기 위해서 일정한 권위를 유지하려고 진리를 왜곡하는 것은 사회를 발전시키지 못하고 오히려 퇴보시킬 뿐이라는 사실이 있기에 지배층은 기존의 권력구조의 틀에서 벗어나 더 나은 이론이나 확실한 진리가 있다면 그것을 열린 마음으로 받아드릴 자세가 되어 있어야 한다고 말하면서 '지배층의 개방자세'라는 개념을 '힘에 의한 진리 왜곡현상'의 개념과 이어주(엮어놓)고자 했고 일반대중의 주체의식이란 개념도 본문에서와 같이 "힘에 의해 자신의 의견을 쉽게 변경한다면 우리 사회는 힘에 의한 억지가 만연할 것이며 진리란 찾아 볼 수 없을 것이다."라고 하면서 '힘의 의한 진리왜곡현상'과 잘 이어주고 있다.

  셋째로 최대혁 학생이 쓴 글에서는 김인찬 학생의 글에서 비판한 것인 결론을 말할 때에는 서론과 본론에서 사용한 개념을 가지고 결론을 말하는 것이 좋다고 했는데 최대혁 학생의 결론을 보자.

  최대혁 학생의 글에서 힘의 의한 진리왜곡 현상이 일어나지 않기 위해서는 "그러므로 우리는 그것이 진리라면 끝까지 것을 관철할 수 있는 주체의식을 가져야 하며 또한 옳지 않은 일이라면 진리에 기꺼이 자리를 내줄 수 있는 열린 마음의 자세를 자져야 하겠다."라는 결론을 내리고 있는데 이 결론에서 진리와 주체의식, 열린 마음의 자세라는 본론에서 나온 문구가 보인다.

  이상의 네 편 논술에서는 '글짓기교실 3'에서 말하는 엮어내기의 이론으로 실전논술을 살펴보고자 했다.

3. 논리와 논술

사람들이
써놓은 논술(논술과 다른 여느 글도)에서
나타나는 문제점은 대체로 세 가지라고 본다.

첫째는 논술에서
　　　'암호와 같은 문장'이 나타나는 것이고
둘째는 '군말'이 있거나
　　　글이 지나치게 '설명적'으로 흐르는 경우이고
셋째는 논술에서 '논리모순'이 나타나는 경우라고 본다.

우리는 흔히
숲과 나무를 함께 볼 수 있어야 한다고 하면서
어느 하나만을 보면 안 된다고 하는데
숲과 나무를 함께 보는 힘이 생기면
글에서 나타나는 세 가지 문제점이 줄어들 수 있다고 생각한다.

글쓴이 혼자 생각에는
어떤 사람이 써놓은 논술에
위에서 말하는 세 가지 문제점이 없다면
그 논술은 75점에서 79점은 쉽게 받을 수 있다고 생각한다.

그러면 75～79점 짜리 글과 80점을 넘는 글과 차이는 무엇일까?

그 차이점은
80점이 넘는 글에서는
'뭔가 움트는 분위기'가 있다고 생각하며
그 '분위기의 높낮이'에 따라서
'점수의 높낮이'가 뒤따른다고 생각한다.

논술에서
위에서 말하는
세 가지 문제점이
일어나는 것은
'논리적 구성능력(엮어내기와 관련된 것)'이
모자라서 그러한 것이라고 글쓴이는 생각한다.

글쓴이는
'글짓기 교실 6(습작하기)'에서
'글짓기를 잘하는 방법'이란 글을 보여주었는데
이 글에서
'논리적 구성능력'에 대하여
정말로 자세히 설명을 하지는 못했지만
사전식 정도로는 설명을 했다고 보는데
'글짓기를 잘 하는 방법'이란 글에서
가장 중요한 말은
대등개념과 속성개념 그리고
상위개념이란 세 개념에 대한 설명이라 생각하고
이런 삼각관계를
논술에서 논리적으로 잘 엮어놓았으면
'세 가지 문제점'은 거의 일어나지 않는다고 생각한다.

'논리적 구성 능력'이란
이를테면 어떤 개념이 있으면
그 개념과 대등한 대등개념 그리고
어떤 개념의 상위개념과 하위개념이란
네 개념 사이의 관계를 종합적으로 살펴보며
네 개념에 대한 교통정리를 해놓는 능력을
말하는 것이라고 글쓴이는 풀이하고자 한다.

아래와 같이
어떤 사람은
'고차원적인 지적 기술'란 말을 하는데
이 말이나 글쓴이가 말하는 '논리적 구성 능력'이나
같은 말이라고 생각하며
아무튼 논술을 잘 하려면
'고차원적인 기적 기술(논리적 구성 능력)'이란 것을 터득해야 할
것이라고 생각한다.

    설명적인 글쓰기는 독창성으로 탄생한 개념화를 자라게 하고 번성하게
한다. 스스로 생각하는 것은 분석(문제를 조작자가 해체하여 하나하나 자
세히 살펴보고 해결의 실마리를 찾는 것), 해석(저자의 가정을 추론하는
것), 종합(부분을 다시 결합하여 부분들 사이의 관계, 그리고 전체와의
관계를 연계하여 결론을 이끌어 내는 것), 그리고 평가(종합에 대한 이해
력을 증가시키고 판단을 내리는 것)와 같은 매우 고차원적인 지적 기술
들을 요구하는 것이다. 이러한 고차원적인 기술들을 이해하는 것은 설명
적인 글쓰기의 기초이다.
    (김종하(경희대학교 행정대학원 강사), 미래전쟁과 국방획득, 도서출판
                                        책이 된 나무, 2002, 15쪽)

글쓴이는

'글짓기 교실 7(창작의 세계)'에서

글을 쓰는 사람에게

'창작의 세계'가 있든 없든

객관적으로 80점이 넘는 글을 쓰는 사람은

창작의 세계가 있는 것으로 여겨야 한다는 투로 말을 했다.

이와 비슷한 논리로

논술을 잘 하려면

'논리적 구성능력(고차원적인 지적 기술)'을 갖추고 있던 없던

이에 관계없이

써 놓은 논술에서

첫째로 암호와 같은 문장이 없고

둘째로 군말이 없거나 글이 설명적이 흐르지 않고

셋째로 논리적 모순이 없게

이런 논술을 쓴 사람은

'고차원 지적 기술(논리적 구성 능력)'을

갖추고 있는 것으로 봐야 한다고 글쓴이는 생각한다.

'글짓기 교실 6'에 있던 '글짓기를 잘하는 방법'을 아래와 같이 옮겨 놓는다.

글짓기를 잘 하는 방법?!..

  1. 글짓기의 기초는

     스스로의 생각이나 감정을

     일정한 문장으로 표현하는 일이고

     그 표현한 많은 문장들을

일정한 체계로 정리해 놓으면 글이 된다고 보는데
대부분 사람들은
개별 문장들을 일정한 체계로 정리해 놓은 일을 못하고 있다.

2. 글을 잘 쓰지 못하는 사람들이
   쓴 글 속에 나타난 개별문장을 보면
   80~95점대로 보이는 문장이 많아도
   글 전체의 흐름에서는 정리가 되지 않아서
   글 자체가
   심한 경우에는 58~62점이거나
   덜 심한 경우는 65~69점수대가 되어
   70점을 넘지 못하는 경우를 누리그물의 게시판에서 자주 느낀다.

3. 왜 사람들은
   80~95점대의 개별문장을 지어 놓고
   그 문장들을 정리하지 못해서
   글 자체를 58~69점수대의 글로 만들어 놓는 것일까?

4. 60점대의 문장도
   잘 정리해 놓으면 70점을 넘어서
   80점을 넘길 수도 있다고 보며
   70~79점수대의 문장을
   잘 정리해 놓으면
   80~89점수대의 글이 된다고 보는데
   80~95점수대의 문장을 정리해 놓은 것을 제대로 못해서
   글 자체가
   58~62점수대의 글이 되거나
   아니면 잘 봐줘도 70점을 넘지 못하는 글을 지어 놓은 것일까?

5. 사람들은
   글의 흐름이란 기승전결이란 것을 누구나 알고 있다.

그런데
게시판의 글을 읽다보면
흐름체계의 정체(장황한 설명)와
흐름체계의 단절 그리고 흐름체계의 논리적 모순을 볼 수 있다.

6. 흐름체계의 문제점을 일으키는 까닭은
‘전체적’, ‘부분적’, ‘개별적’이라는 개념을
글쓰기의 실전에 적용하는 경험이 부족했기 때문이라고 본다.
그리고
전체적, 부분적, 개별적이란 개념은
그림, 운동경기, 연기활동 들들 모든 분야에 적용된다고 본다.
단체경기에서 단체전술, 부분전술, 개인전술이라는 말을 하지 않는가?

7. 생물은 동물과 식물로 나누고
동물은 포유류, 파충류, 갑각류, … 등들로 나눈다.
포유류에는 고양이과와 기타 다른 무슨 과 들들이 있다.
고양이과에는 고양이, 사자, 호랑이 … 등들이 있다고 한다.

8. 생물과 관련해서
식물과 동물은 전체적 개념이고
…류, …과는 부분적 개념이고
고양이, 사자, 호랑이는 개별적 개념이다

9. 어떤 사람이
고양이에 대해서 글을 쓰다면
기본적으로 포유류(고양이의 상위개념)에 대한 기초설명과
사자, 호랑이(고양이와 대등개념)에 대한 언급도 하면서
고양이에 대한 본론(고양이의 속성 개념)과 함께
고양이에 대한 나름대로의 결론을 말하는 것이
글쓰기의 기본이론으로
이 때 상위개념과

대등개념 그리고 속성개념 사이에서 논리적 모순이 없어야 한다.

10. 사람들 가운데는
    80~95점수대의 개별문장을 지어 놓으면서
    글 전체로 보아서
    58~62점대거나
    이 보다는 나아도
    70점을 넘기지 못하는 것으로 여겨지는 글들을
    누리그물의 게시판에서 보게 되는데
    이러한 것은
    글을 쓰는 사람 스스로가
    글의 주제와 소재를 엮는 과정에서
    상위개념적인 상황,
    대등개념적인 상황,
    속성개념적인 상황의 사이에서 어떤 논리적인 모순이 있기 때문이다.

11. 글을 잘 쓰려면
    80~95점대의 문장을 늘어놓은 것이 중요한 것이 아니라
    60점대의 문장이라도
    그 문장들에는
    상위개념, 대등개념, 속성개념을 지닌 문장들을 지어 놓고
    이 문장들 사이에
    논리적 모순이
    일어나 않도록 문장들을 늘어놓으면 80점이 넘을 수 있다고 생각
    한다.
                        1995년에 쓴 것을 2002. 7. 28에 고침.

4. 논술과 내면화

공부란
어떤 지식을
스스로의 머릿속에 집어넣어
그 지식을 활용응용하면서
그 지식을 바탕으로
새로운 지식을 지어내는 것이라고 하며
이때 머리 속에 있는 지식이
가슴속까지 파고 들어와
'가치관'이란 '틀'에 영향을 끼친다면
그 지식을 '내면화된 지식'이라고 하자!

그리고
도덕적으로 볼 때
가치관에는 '올바른 가치관'과
'바람직하지 못한 가치관'이 있기에
여기서 말하는
'내면화된 지식'은 '올바른 가치관'과 이어진 것으로 하자!

글쓴이는
'논술과 논리'에서
사람들이 써놓은 논술에서
나타나는 문제점은 대체로 세 가지라고 하면서

글에 암호와 같은 문장이 있고,
군말이 있던가 아니면 글이 지나치게 설명적인 점,
글에서 논리모순이 있다는 세 가지를 짚으면서
이 세 가지 문제점이 없다면
이런 글을 75점에서 79점이 될 수 있고
80점이거나
80점보다 더 좋은 점수를 얻으려면
그 글에는 '뭔가 움트는 분위기'가 있어야 한다고 했다.

그러면
'논술과 논리'에서 말하는
'논리'와 '내면화된 지식'을 묶어서 다음과 같은 가정을 해본다.

'어떤 학생'이 글을 쓸 때
그 어떤 학생의 '논리적 구성능력'이
객관적으로 80점 이상이라고 해도
그 학생이 쓰는 글의 주제와 관계된 주변지식 가운데
내면화된 지식이 차지하는 비율이 60%이상이 되어야
그 학생은
70점이상의 점수를 얻는 글을 쓸 수 있다고 하고
70%이상이 되면 80점이상의 점수를 얻을 수 있다고 하자!

이러한 가정을 하는 것은
무슨 글을 쓰는 사람이
아무리 논리적 구성능력이 뛰어나고
그 사람에게

글의 주제와 관계된 주변지식이 많아도

그 주변지식이

내면화된 지식으로 되어 있지 않았다면

논술을 할 때

논리적 구성능력이

제대로 그 구실을 할 수 없다고 생각하기 때문이며

아울러

논술(글)에서

'뭔가 움트는 분위기'가 일렁이려면

글의 주제와 관계된 주변지식 가운데

'내면화된 지식'이

차지하는 비율이 70%을 넘어야 한다고 생각하기 때문이다.

이를테면

고등부 논술에서

김지선 학생이 써놓은 글만을 가지고

김지선 학생의 논리적 구성능력을

짐작해보면 75점 안팎으로 생각되고

지식이 내화된 비율은 65%안팎이라고 생각해 본다.

오영수 학생의 논리적 구성능력과

지식이 내화된 비율은 각각 60점과 60%가 안되는 것으로 생각한다.

김인찬 학생은

논리적 구성능력과

지식이 내화된 비율은

각각 70점 안팎, 65%안팎으로 생각되고

최대혁 학생은

논리적 구성능력이 80점 이상이고

지식이 내화된 비율은 70%이상이라고 생각해 본다.

논리적 구성능력과
지식이 내면화된 비율의 틀을 일반성인에게 갖다 붙이고자 한다.

어떤 일반성인이 써놓은 글 가운데
'어떤 글'은 80점이 넘는 것이 틀림없어 보이지만
'다른 어떤 글'은 70점대로 보이고
'또 다른 어떤 글'은 60점대로도 보이는 경우가 있을 수 있다.
이러한 것은
어떤 일반성인의 논리적 구성능력은 80점 안팎이지만
그 어떤 성인에게
글의 주제에 따른 주변의식에 대한
지식의 내화된 비율이 달라서 그러한 것으로
80점이 넘는 글을 쓴 경우에는
주변지식에서 지식이 내화된 비율이
70%안팎이거나 이보다 높았지만
70점대의 글을 쓴 경우에는
주변지식에서 지식이 내화된 비율이 60%대에 있었고
60점대의
글을 쓴 경우에는 이 비율이
60%가 안된 상태였기 때문이라고 생각한다. 2003. 3. 14

5. 중고생의 논술에 대한 첨삭설명을 마치며

글쓴이는

"내 나름대로는 논술(논설문)박사"라고 생각하고 있었기에

중고생이 쓴 논술이 별 것 아닐 테니까

첨삭설명을 하는 것이

매우 쉽게 이루어질 것으로 여기며

어느 논술경시대회에서 입상을 한

몇 편의 논술을 읽어보니

생각과 다르게 너무나 잘 써서 내 스스로는 정말로 기가 죽었었다.

그러나

한 번 더 읽어보니

여러 가지로 잘못되고 아쉬운 점이 보였으며

이 가운데 고등학생이 쓴

"2. 청소년의 올바른 삶의 태도가 사회의 발전을 좌우한다."는

논술은

처음부터

무엇인가 잘못된 점이 있다는 것을 느끼고 있었지만

그 잘못된 점이 무엇인지를 찾아내지 못해서

정말로 열 번을 넘어서 거의 스무 번을 읽고서야 그 잘못된 것을

찾아내었다.

글쓴이가

중고생들의 논술에 대하여 첨삭설명을 하고자

자료를 찾아 모으는 과정에서 운이 좋게 짧은 시간안에

이를테면

60점대의 논술와

70점대의 논술 그리고 80, 90점대의 글을

쉽게 찾고 각각의 글에서

잘잘못을 서로 비교설명하게 되어 기쁘고

글쓴이가 비교해놓은 것이

일반 학생들이 논술을 쓰는데 정말로 도움이 될 것으로 생각하며

글쓴이인 나 스스로도

'좀 잘못 쓴 글'과 '좀 잘 쓴 글'을

서로 비교설명해 놓은 것에 나름대로 자랑스럽고 흐뭇한 마음이다.

끝으로

글쓴이가

논술에 대해 한 첨삭설명이

정말로 여러 학생들에게 도움이 되어

앞으로 여러 학생들이 써놓는 논술이

그 논술을 읽은 사람들의 눈에서는

컴퓨터 속에서 돌아가는

'동영상'을 보는 것처럼 읽을 수 있게 되기를 바라는 마음이다.

2001. 8. 9.

6. 공부는 왜 하는가? 공부란 무엇인가?

어느 일반인이 쓴 글을 가지고
학생들의 글을 '첨삭설명'했듯이 그렇게 해보고자 한다.
그 첨삭설명을 하려는 글은
통신상에서 내려받은
'공부는 왜 하는가? 공부란 무엇인가?'라는 글을 가지고 살펴본다.

번　　호 : 33458
게시자 : 김기범(Realize)
등록일 : 1999.08.08. 08:42
제　목 : 공부는 왜 하는가? 공부란 무엇인가

1. 글쓴이가 도서관에서 책을 보고있는데 한 아이가 와서 책을 들추더
   니 '이 끔찍한 공부들을 어떻게 하냐…'라고 한다…그러나 공부는
   끔찍한가?
   원론으로 돌아가자. 공부가 끔찍하다는 말은 어떻게 나올 수 있었
   을까? 그건 공부의 본질에 대해서 몰랐던 탓이다. <u>즉, 공부란 뭔지,
   공부를 왜 하는지 모르기 때문에 끔찍하다는 소리가 나온 것이다.</u>
   ─ 밑줄친 부분을 지웠음.

7. 알고보면 현재의 교육문제의 많은 부분이 바로 여기에서 연유하고
   있다. 공부를 왜 하는지, 공부란 무엇인지 근본적으로 알지 못하기
   때문에 컨닝하고 고액과외하고 학벌위주가 되고 하는 것이다… 공
   부의 본질에 대한 올바른 인식이 없이는 결코 교육체제 자체도 안
   정되지 못한다.

2. 그렇다면, 공부란 무엇인가? 공부란 진화의 한 방편으로, 지적, 정신적으로 자신을 승화시키는 일이다. 공부란 하나의 정신적 작용으로, 공부를 함으로써 그의 정신과 영혼은 숭고한 가치와 에너지를 얻게 되고 그것은 그를 한층 높이 승화시키는 것이다. 그리고 이 '승화된 자기'는 여러 가지 면에서 달라지게 된다.
   그는 정신적으로도 성숙해지며, 물질적 조건에 있어서도 보다 나은 상태를 지향할 수 있다.

3. 그러나 이를 위해서는 옳은 공부를 해야 한다. 진리를 섭취해야 하는 것이지 거짓된 공부를 하면 아니 되는 것이다.

4. 그러므로 공부란 그 자체가 목적이요, 추구대상이다. 공부는 결코 수단이 아니고, 그 자체가 진리를 얻고, 그 진리로써 자기자신의 진화와 승화를 추구하고 남들에게의 봉사를 지향하는 것이기 때문에 자체가 빛을 발하는 숭고한 목적이다.

5. 많은 학생들은 그저 무의식적으로-성적을 올리기 위해서, 좋은 대학 가기 위해서, 자격증 따기 위해서, 고시패스하기 위해서 공부를 한다…
   그러나 이것들은 공부의 지엽적인 목적에 불과하다. <u>공부는 그 자체가 목적이다. 인간은 공부하기 위해서 산다.</u> −밑줄친 부분을지웠음.
   따지고보면 모든 것이 공부이긴 하다. 잠자기, tv보기, 밥먹기, 수다떨기, 성행위하기, 등… 하찮게 보이는 것들도 나름대로의 공부다.

6. 그러나 역시 밀도높고 강도높은 공부는 책상에 앉아서 안정된 자세로 무엇인가를 추구하는 것이다.

8. 이렇게 공부가 무엇이고 왜 공부를 하는지 알면 결코 공부하고 일하는 것이 짜증나거나 끔찍하게 느껴질 수 없다.
   오히려 그것은 뿌듯함과 환희로 다가올 것이다.

위의 글에서
'공부란 자신을 승화시키는 것'이라고 했다.
글쓴이도
이 생각에
어느 정도 같은 생각이지만
위의 글에서는
'승화된 자기'와 '공부' 사이에 있어야 할
'어떤 끈'이 보이지 않았다고 생각하여
글쓴이가
'내면화'라는 말을 가져와
승화된 자기와 공부 사이를 이어주는
어떤 끈 구실을 하게
위의 글을 나름대로 첨삭설명하면서 위의 글을 고쳐놓고자 했다.

글쓴이는
첨삭설명을 하기 위해서
'공부는 왜 하는가? 공부란 무엇인가?'의 원본글을
여덟 개의 단락으로 나누고
각 단락에 1에서 8까지의 번호를 주어서
첨삭의 과정을 설명했고
원본의 글에서
밑줄 친 부분은 글을 첨삭하는 과정에서 지운 부분이고
원본글을 첨삭하여 새롭게 '고친 글'에서
밑줄 친 부분은 나름대로 글을 첨삭(재구성)한 부분이다.

그리고

원본글의 두 번째 단락에

'7'의 번호를 준 것을 빼놓고는

단락의 순서대로 번호를 붙여 놓았다.

그러면

원본의 글과 글쓴이가 고친 글을

일단 살펴 본 다음에 첨삭한 것에 대하여 하나하나 설명하고자 한다.

원본 글을 첨삭하여 '고친 글'

1. 글쓴이가 도서관에서 책을 보고있는데 한 아이가 와서 책을 들추더니 '이 끔찍한 공부들을 어떻게 하냐…'라고 한다…그러나 공부는 끔찍한가?

   원론으로 돌아가자. 공부가 끔찍하다는 말은 어떻게 나올 수 있었을까?

   그건 공부의 본질에 대해서 몰랐던 탓이다.

2. 그렇다면, 공부란 무엇인가?

   공부란 진화의 한 방편으로, 지적, 정신적으로 자신을 승화시키는 일이다.

   공부란 하나의 정신적 작용으로, 공부를 함으로써 그의 정신과 영혼은 숭고한 가치와 에너지를 얻게 되고 그것은 그를 한층 높이 승화시키는 것이다. 그리고 이 '승화된 자기'는 여러 가지 면에서 달라지게 된다.

   그는 정신적으로도 성숙해지며, 물질적 조건에 있어서도 보다 나은 상태를 지향할 수 있다.

공부를 통해서 자기 자신을 승화시키려면 내면화 과정을 거쳐야
한다고 생각한다.
소설을 가지고 설명해 보면 소설 속의 어떤 인물을 자신과 같은
것으로 여기고 소설 속의 인물이 하는 행동양식을 자신의 것으로
받아들이면 자신은 소설 속의 인물의 가치관을 받아들이는 것이고
이러한 것이 내면화 과정이고, 이러한 내면화가 되풀이되는 과정에
서 자신은 승화된 자기로 될 수 있다고 생각한다.
내면화는 당연한 이야기이지만 소설뿐만이 아니라 수필, 위인전,
잡지, 신문, 만화, 영화, 사진, 거리의 풍경 들들을 통해서도 이루
어질 수 있다고 본다.

3. 그러나 공부를 통해서 자신을 승화시키기 위해서는 옳은 공부를
   해야 한다. 진리를 섭취해야 하는 것이지 거짓된 공부를 하면 아니
   되는 것이다.

4. '공부의 내면화과정을 통해서 승화되면 그 자신은' 자기자신의 진
   화와 승화를 추구하고 남들에게의 봉사를 지향하는 것이기 때문에
   공부 자체가 빛을 발하는 숭고한 목적되기에 공부자체는 수단이
   아니고 목적자체이며 추구대상이다.

5. 그런데 많은 학생들은 그저 무의식적으로 ─ 성적을 올리기 위해서,
   좋은 대학가기 위해서, 자격증 따기 위해서, 고시패스하기 위해서
   공부를 한다..
   그러나 이것들은 공부의 지엽적인 목적에 불과하지만 따지고 보면
   잠자기, tv보기, 밥먹기, 수다떨기, 성행위하기, 등… 하찮게 보이는
   것들도 나름대로의 공부다.

6. 그러나 역시 밀도높고 강도높은 공부는 책상에 앉아서 안정된 자세
   로 무엇인가를 추구하는 것이며 공부를 하되 내면화 과정을 잘 거
   쳐서 공부가 승화된 자기로 이어져야 하는데

7. <u>공부에 대한 올바른 인식부족으로 컨닝하고 고액과외하고 학벌위주
   가 되고 하는 것이고 현재의 교육문제의 많은 부분이 바로 여기에
   서 연유하기에 교육체제 자체도 안정되지 못하고 있는 것이다.</u>

8. 이렇게 공부가 무엇이고 왜 공부를 하는지 알면 결코 공부하고 일
   하는 것이 짜증나거나 끔찍하게 느껴질 수 없다.
   오히려 그것은 뿌듯함과 환희로 다가올 것이다.

2000. 12. 23

1. 1번의 단락은 원본에서
   밑줄 친 부분을 지우고 나머지는 그대로 '고친 글'에 옮겨다
   놓았다.

2. 2번의 단락은 원본을 그대로 고친 글에 옮겨다 놓았다.

3. '고친 글'의 2번과 3번 사이에 있는 단락은
   원본글을 쓴 글쓴이가 말하는 '승화된 자기'는
   '내면화'를 통해서 이루어지는 것으로
   글쓴이가 설정하여 이 '내면화'에 대하여 말했다.

4. 원본의 3번 단락에서
   '그러나 이를 위해서는'이라는 말에서
   '이를'이라는 것을
   '공부를 통해서 자신을 승화시키기'라고 말해서
   '그러나 이를 위해서는'을
   '그러나 공부를 통해서
   자신을 승화시키기 위해서는'라고 하면

‘이를’이란 말에

또렷한 하게 느낌이 생길 것으로 생각해서 이렇게 했다.

5. 원본의 4번 단락에서는

‘공부, 목적, 수단, 진화, 승화, 봉사’라는 말이 보이는데

이 낱말들이

서로 어지럽게 놓여있는 듯한 느낌이 들어

이 낱말들을 서로 어우러지게 늘어놓는 과정에서

이 낱말들을 ‘내면화’와 엮어놓기 위해서

“공부의 내면화과정을 통해서

승화되면 그 자신은”이란 말을 생각해 내어

이 구절을

원본글 4단락에서 나오는

‘공부, 목적, 수단, 진화, 승화, 봉사’의 낱말들과 관계된

이미 있던 일정한 구절을 살려서 엮어놓되

‘공부, 목적, 수단, 진화,

승화, 봉사’의 낱말이 서로 어우러지도록 나름대로 엮어놓았다.

☆ 위에서

“공부의 내면화과정을 통해서 승화되면 그 자신은”이란 말이

보인다.

이 말은 ‘글짓기 교실 2(네 가지 문장짓기)’에서

글쓴이가 ‘분석의 단순화를 위해서’라는 말에 대하여

말을 많이 하면서

‘상황을 쉽게 따져보기 위해서’라는 말도 했었는데

‘분석의 단순화를 위해서’라는 말은

어디서 본 것을
글쓴이가
'자유의 미학'이란 글을 쓰면서 활용한 한 것이고
'상황을 쉽게 따져보기 위해서'란 문구는
글쓴이가 글쓴이의 문장짓기 실력으로 지어낸 문구처럼
"공부의 내면화과정을 통해서 승화되면 그 자신은"이란 문구도
글쓴이가
글쓴이의 문장짓기 실력으로 지어낸 연결고리 문구이다.
참고로
아래과 같이
'글짓기 교실 2(네 가지의 문장짓기)'의 내용 가운데 일부를
옮겨놓는다.

글쓴이가 지금 어떤 글을 쓰는 과정에서 '분석의 단순화를 위하여'라는 문구를 활용해야 한다고 할 때 이 문구를 모르고 있고 또 이와 비슷한 문구도 모르고 있다고 한다면 글쓴이는 내 스스로의 문장짓기 실력으로 '분석의 단순화를 위하여'와 비슷한 문구를 지어내야 한다.

글쓴이가 좀 궁리하여 '상황을 쉽게 따져보기 위하여'라는 문구를 만들어 보았다.

'상황을 쉽게 따져보기 위하여'라는 문구에서 '상황을', '쉽게', '따져보기', '위하여'란 각각의 말은 지금사회에서 쓰이는 낱말들이며 이 낱말들은 어려운 말도 아니지만 순간적으로 떨어져 있는 각각의 말을 뭉뚱그려서 '상황을 쉽게 따져보기 위하여'라는 문구를 만들어 내려면 글쓴이가 한 경험으로 볼 때 일정한 수준(?)의 문장짓기 실력이 있어야 한다는 것을 힘주어 말하며 이러한 문장짓기 실력이 있어

야 글짓기를 잘 할 수 있는 기초가 된다고 생각한다.

'글짓기 교실 1'에서 '글이란 자신의 생각이나 감정을 문장으로 나타낸 것이다'라는 말을 했다. 자신의 생각이나 감정을 문장(문구)으로 나타내는 것이 '문장짓기'이고 이러한 능력이 '문장짓기 실력'인데, 순간순간의 감정이나 생각을 문장으로 나타내는 문장짓기 실력을 쌓는 방법은 남이 나보다 먼저 스스로의 감정이나 생각을 일정한 문장(구)로 나타낸 속담이나 명언과 그리고 책 속에 있는 내용 가운데 나름대로 가슴에 와 닿는 일정한 문구나 문장을 외워서 외운 것을 활용하고 응용하는 것이라고 생각한다.

6. 원본 글의 5번 단락내용에서 일부를 지우고
   4번 단락과의 호흡을 위해서 '그런데'라는 말을 끼웠고
   '고친 글'의 두 번째에 있는
   밑줄('불과하다'를 '불과하지만'로)은
   서로 연결하여 표현하는 것이 좋을 것 같아서 그렇게 했다.

7. 원본의 6번 단락과 7번 단락을 묶어서
   '고친 글'에서와 같이 표현했고
   묶는 과정에서
   '공부를 하되 내면화 과정을 잘 거쳐서
   공부가 승화된 자기로 이어져야 하는데'라는 문구를 끼워서
   서로가 어울리도록 해보았고
   원본 글의 7번도
   원본 글의 4번처럼
   뭔가가 흩어져 있는
   느낌이 들어서 나름대로 아우러서 6번과 묶었다.

8. 8번은 보는 바와 같이 고친 것이 없다.

통신상에서 내려받은

"공부는 왜 하는가? 공부란 무엇인가?"의 글에는

글쓴이가 말하는 '문장짓기'는 별 문제가 없어 보이는데

'엮어내기'가 잘 되어 있지 않았다고 보고

'내면화'라는 개념을 사용하여

원본 글을 고치는 과정에서

'고친 글'에 내면화를 설명하는 '하나의 단락'을 끼웠고

'내면화'라는 말이 들어간 '문구'도 여러 단락에 끼워서

전체적으로 글의 흐름을 매끄럽게 흐르도록 나름대로 힘써 보았
다

7. 논술의 이론적 구조론!!

1. 논술이란
   자신의 생각을 문장이란 형태로 질서있게(논리적으로) 정리해
   놓은 자신의 주장이다.

2. 논술의 3요소는
   논술의 기술, 논제, 주변지식이다.

   첫째로 논술의 기술은 글짓기 기술로
   구체적으로 논술용 글짓기 기술이 있어야 한다.
   작가라고 해도 시, 소설, 수필은 잘 쓰나
   논술용 글짓기는 못하는 경우가 있(많)다고 생각한다.

   둘째로 논제가 있어야 한다.

   셋째로 논제와 관련된 주변지식이 있어야 한다.

   주변지식이 있어야
   논제의 뼈대에 살을 붙이는 것이고
   논술용 글짓기 기술이 있어야 논제의 뼈대에 살을 맵시나게
   붙이는 것이다.

3. 논술의 이론적 구조론!

　　① 어휘－표현읽기 = 이해어휘와 표현어휘

　　② 문장－문장짓기는 일정한 문장의 암기와 응용

　　③ 논제와 주변지식

　　④ 논제와 주변지식의 연결(엮어내기)

4. 3.의 ①에서 ④를 연결하여

글을 짓되 논술용의 글을 짓는 것이 논술의 기술이다.

8. 하늘도 땅도 소스라치게 놀라게 하는 그 놀라운 논술!

글짓기 특히 논술을 잘 하는 방법은 무엇일까?

논술을 잘 해보겠다고 서점에 나와 있는 온갖 논술책을 모두 다 읽어봐도 논술을 잘하게 되는 그 무슨 뾰족한 수를 찾아내지는 못할 것으로 생각한다. 논술책을 많이 읽어 봐야 남는 것은 제 스스로는 논술을 제대로 쓰지 못하면서 남이 힘들여 써 놓은 논술을 가지고 이런 저런 것이 잘못되었다고 풍월을 읊는 듯한 어설픈 비평실력이 머리 속에 자리를 차지 할 것이라고 생각한다.

글쓴이가 논술에 대한 경험을 바탕으로 논술을 잘 할 수 있는 뾰족한 수를 생각해 보면 남이 써놓은 글 가운데 '이름이 난 글'이라고 일컫는 글들을 많이 읽다보면 그 이름난 글들에서는 물이 흐르듯이 글이 자연스럽게 흘러가는 '매끄러운 글의 흐름'을 느끼게 될 것이며 이런 저런 매끄러운 글의 흐름이 쌓이다보면 뒤에 스스로의 머릿속에는 매끄러운 글의 흐름이 '글틀(글＋틀)'로 바뀌어 수학공식에 일정한 숫자를 대입하여 무슨 수학문제를 풀듯이 머리 속에 떠오른 그 '글틀'에 맞게 글을 쓰면 논술을 잘 할 수 있다고 생각한다.

아래의 단락은 글쓴이가 앞에서 말한 것인 '글틀'과 관계되는 내용이라고 본다.

좋은 글쓰기는 타인이 쓴 좋은 글을 거울삼아 연습을 많이 해볼 것을 요구한다. 물론 많이 쓰는 것이 좋은 글쓰기를 보장하는 것은 아니다. 하지만 분명한 것은 그것이 글쓰기를 잘 할 수 있는 가능성을 증진하는 것임에는 틀림이 없다.

(김종하(경희대학교 행정대학원 강사), 미래전쟁과 국방획득, 도서출판
책이 된 나무, 2002, 14쪽)

이어서 아래의 단락을 읽어보자!

이 책(풀이 : 여기서의 책은 '컴퓨터 언어'의 책인 '비주얼베이직'에 대한 책임)은 여러 가지 프로그램 개발 경험을 토대로 처음 배우는 사람들에게 꼭 필요한 기법을 알리고자 하는 목적이 있습니다. 어떤 프로그램이든지 한번 개발해보는 것이 그 어떤 설명보다도 더 많은 지식을 축적하게 한다는 것을 저는 프로그래머 생활을 하면서 깨달을 수 있었습니다.

그래서 그런 경험을 살려서 다양한 분야의 프로그램을 개발하는 방법을 제시하고자 했습니다. 여러 가지 미비한 점이 있겠지만 <u>설명이 지루하게 이어지는 차림표 식의 프로그램 '학습'은 한 줄의 '코드'를 분석하는 것보다 훨씬 비효율적인 학습 방법이라는 것이 저의 생각입니다.</u>

(양우철·이주휘, 비주얼베이직 6, 도서출판 피씨북, 2000년, 5쪽)

위의 단락에서 "<u>설명이 지루하게 이어지는 차림표 식의 프로그램 '학습'은 한 줄의 '코드'를 분석하는 것보다 훨씬 비효율적인 학습 방법이라는 것이 저의 생각입니다.</u>"라는 말이 보이는데 이 말은 "<u>좋은 글쓰기는 타인이 쓴 좋은 글을 거울삼아 연습을 많이 해볼 것을 요구한다.</u>"라는 말을 좀더 자세히 설명한 것이라고 생각한다.

시나 소설이나 논설문이나 그밖에 모든 글들은 서로 세부적으로는 차이가 있지만 전체적으로는 서론, 본론, 결론의 흐름이 있고 이런 흐름으로 글을 써야 좋은 글이 된다는 것을 누구나 다 이론적으로는 알고 있지만 창조하는 것은 어렵고 비판하는 것은 쉽듯이 남이 써 놓은 글에서 나타난 문제점을 서론과 본론 및 결론이란 틀에 따라 이런저런 문제점을 '그런 대로' 짚어내면서 스스로는 남의 글에서 나타난

문제점이 제 글에서 나타나지 못하도록 하는 글인 이른 바 ‘좋은 글’
을 쓰지 못하는 경우가 있다.

　‘하늘도 땅도 소스라치게 놀라게 하는 그 놀라운 논술’을 쓰고
있는 글쓴이도 스무 살이(옛날에) 넘도록 글을 제대로 쓰지 못하다가
책을 많이 읽으면 글을 잘 쓸 수 있을 것으로 생각하여 책을 나름대
로 많이(?) 읽었다. 글쓴이가 읽은 많은 책 가운데 거의 절반 정도는
사회과학서적(논설문적인 것)을 읽었는데 시간이 흐르던 어느 날에 글
쓴이는 나름대로 ‘어떤 논설문’을 썼고 그 논설문이 학보에 실리게
되었다.

　‘어떤 논설문’을 쓰는 과정에서 글의 흐름이 사회과학서적을 읽
을 때처럼 매끄럽지 못하고 매우 껄끄러운 것을 많이 보게 되어 그
껄끄러운 것을 사회과학서적을 읽을 때 느끼던 매끄러움과 비슷해지
도록 나름대로 고치고 고치기를 많이 하다보니 나중에는 글쓴이가 쓴
글에서도 사회과학서적을 읽을 때처럼 느끼었던 매끄러움과 비슷한
것을 느끼어서 글을 마무리해서 학보사에 보내었더니 얼마 뒤에 학보
에 글쓴이가 쓴 글이 실린 것을 볼 수 있었다.

　글쓴이가 ‘어떤 논설문’을 쓰면서 고치기를 많이 한 까닭은 아래
의 단락에서 보이는 분석, 해석, 종합, 평가와 같은 것을 할 수 있는
‘고차원적인 지적 기술’이라는 것이 모자라서 그러했던 것으로 생각
한다.

　설명적인 글쓰기는 독창성으로 탄생한 개념화를 자라게 하고 번성하게
한다. 스스로 생각하는 것은 분석(문제를 조작자가 해체하여 하나하나 자
세히 살펴보고 해결의 실마리를 찾는 것), 해석(저자의 가정을 추론하는
것), 종합(부분을 다시 결합하여 부분들 사이의 관계, 그리고 전체와의
관계를 연계하여 결론을 이끌어 내는 것), 그리고 평가(종합에 대한 이해
력을 증가시키고 판단을 내리는 것)와 같은 매우 고차원적인 지적 기술

들을 요구하는 것이다. 이러한 고차원적인 기술들을 이해하는 것은 설명
적인 글쓰기의 기초이다.

(김종하, 15쪽)

　　이제까지 논술에 대하여 글쓴이가 말한 것을 가지고 '좋은 글(논
술)'이란 것을 한 마디로 말하면 앞에서 글쓴이가 말한 '글틀'과 위의
단락에서 말하는 '고차원적인 지적 기술'이 잘 엮여져서 글을 쓰면
'좋은 글'이 될 수 있다고 생각한다.

　　수학공식에 일정한 숫자를 대입하여 어떤 수학문제를 풀어내듯이
어떤 '글틀'이 주어졌다고 할 때, 글을 잘 쓰려는 어떤 사람이 글을 잘
쓰려면 그 어떤 사람은 앞에서 보인 '고차원적인 지적 기술'을 터득하
면 누구나 글을 잘 쓸 수 있다는 것이 글쓴이가 생각하는 결론이다.

　　그러면 고차원적인 지적 기술을 어디에서 터득하여야 할 것인가
하는 물음이 생기게 된다.

　　고차원적인 지적 기술을 터득할 수 있는 곳은 바로 '좋은 글'에
서 찾아야 한다고 본다.

　　'좋은 글'을 살펴보면 '좋은 글'에는 글의 주제와 소재가 그리고
소재끼리 '사이 좋게(?)' 엮여져 있기에 글을 잘 쓰려고 하는 사람은
'좋은 글'에서 나타난 주제와 소재 그리고 소재들이 '사이 좋게' 엮여
져는 방식을 글을 잘 쓰려는 사람이 알아내어(여러 번 읽어보면 알아
낼 수 있다고 봄) 알아낸 방식대로 '적게는' 두 세 편의 글을 써본다
든가 '많게는' 다섯 편 정도까지 글을 쓰다보면 '좋은 글'이란 것을
누구나 다 한결같이 잘 쓸 수 있을 것이라고 생각한다.

　　사람들이 고차원적인 지적 기술을 터득하지 못한 상태에서 글을
쓰던가 또는 고차원적인 지적 기술을 터득했었어도 몸 상태가 좋지 않
아서 이 기술을 제대로 활용하지 못하는 상태에서 글을 쓰면 아래의
단락에서 말하는 문제점이 나타나서 '좋은 글'을 쓸 수 없다고 본다.

　이와 더불어 설명적인 글쓰기의 또 다른 특질은 가운데 하나가 논리적 구성, 즉 어떤 주장의 구조와 논리의 일관성이다.(줄임) 예컨대 서론(저자의 가설을 제시), 본론(핵심적인 생각과 증거를 제시), 그리고 결론(논의의 종결을 이끄는 곳)에 이르기까지 생각의 논리적인 흐름이 있는가? 만약 그러한 흐름이 없다면, 즉 주장의 요소들과 그들의 연계가 명확하지 않다면, 글을 읽는 독자들은 혼란에 빠지게 될 것이다. 이럴 경우, 글쓰기는 실패한 것이라고 할 수 있다.

(김종하, 15 ～ 16쪽)

　고차원적인 지적 기술에 대하여 자세히 설명하려면 말이 길어지게 된다.

　아무튼 논술을 잘 하려고 서점이나 도서관에서 보이는 논술책이나 작문책을 아무리 많이 읽어봐야 말짱 도로묵으로 이어질 것으로 생각하기에 "설명이 지루하게 이어지는 차림표 식의 프로그램 '학습'은 한 줄의 '코드'를 분석하는 것보다 훨씬 비효율적인 학습 방법이라는 것이 저의 생각입니다."라는 말을 되새기며 고차원적인 지적 기술을 터득하게 될 때까지 좋은 글을 많이 읽던지 아니면 두 세 편에서 다섯 편의 좋은 글을 각각 10번 이상 읽어서 거의 외워질 때가 읽고 또 읽으면 고차원적인 지적 기술이란 것을 누구나 다 터득하게 되어 어떤 논술도 술술 풀어갈 수 있다고 생각한다.

2002. 5. 17

넷째 마당.
덧글

1. 열등감을 이기는 방법!

1. 사람들은
누구나 어떤 열등감을 지니고 있다.

2. 열등감을
이겨내는 방법에 대하여 말하고자 한다.

3. 체조경기에서
   점수를 메기는 방법을 살펴보자.
   10명의 심사위원이
   각 선수에 대하여 각각의 점수를 말하면
   심판관은 이 가운데
   최고점수와 최저점수를 빼고
   중간의 나머지로 평균을 내어
   각 체조선수에 대한 최종점수를 주고 있다.

4. 위에서 설명한 방식으로
   일반인에 대하여
   각 일반인의
   일정한 요소별 점수에서
   최고점수와 최저점수를 빼고
   평균을 내면
   각 일반인들은 거의 다가
   50~60점쯤으로 결국은
   도토리 키재기식이 될 것으로 생각하는데
   문제는 각 개인들의 사이에서
   최고점수와 최저점수의 편차 때문에
   열등감이란 문제가 생기지만
   이러한 것은 주어진 것이기에
   '어찌 할 수가 없다'는 것이 '중간결론'이다.

5. 어찌 할 수 없는 것을 가지고
   이리 생각하고 저리 생각하고

아무리 별의별 궁리를 다 해도
'뾰족한 수가 없다'고 하니
'안분지족'을 하라고
옛 성현들(원효대사, 이 율곡,
이황, 노자, 맹자 들들)이 말을 하지만
이 성현들의 말씀이 무슨 뜻인지 모른다면
좀 쉬운 '혁명'이란 것을 살펴보도록 하자.

6. 혁명에는
   물리적 혁명과 정신적 혁명이 있다.

7. 물리적 혁명을 한 사람들은
   이성계, 박정희,
   레닌, 모택동, 나폴레옹 들들이 있다.

8. 정신적 혁명을 한
   사람들로는 장영실, 에디슨 들들이 있다.

9. 무슨 열등감에서 벗어나는 방법은
   어려운 '안분지족'을 하든지
   아니면
   위에서 설명한
   쉬운 '혁명'을 해야 한다는 것이 '최종결론'인데,

10. 사람들은
    세상의 일이 뜻대로 되지 않는다고

늘
넋두리(투덜대다)를 많이 하는데
그 답은
언제나
불을 보듯 간단하다는 것이다.
이것이냐
저것이냐에서
어느 하나를
고르면 된다는 것을 알면서 실천하지 않고 있다. 2000. 7. 25.

2. 내성적인 사람들이여!
쓸데없는 고민을 하지 마세요!

사람들은 나를 내성적인 사람이라고 한다.

글쓴이가 초·중·고생 시절에
사람들이 나를 내성적인 사람이라고 했다.

글쓴이가 대학에 들어가서
내 성격이 내성적이든 외향적이든 간에
발표력을 키워보려고 토론하는 동아리에 들어갔다.
동아리에 들어가서
책읽기를 많이 했고
동아리에서 일주일에 한 번씩 하는
주제토론에 한 번도 빠지지 않고 나아갔고
아울러
내 성격을 외향적인 성격으로
바꾸려고 이와 관련된 많은 책을 읽어보니
이렇게 저렇게 하라고 하는 말을 보는 과정에서
어떤 책에서는
내성적인 사람들도
사회적 지위가
높은 사람들이 있다는 것을

보고 다소 위안을 삼았지만
무슨 뾰족한 수를 내 나름대로는 찾지 못했다.

동아리에서
글쓴이가 주제토론에 참여할 때
내 뜻을 제대로 전달해지 못해서
동료들로부터 많은 안타까움을 받았지만
'밑바닥생활(?)'을 거쳐야 한다고 마음을 가다듬으면서
온갖 창피(?)를 무릅쓰고 무턱대고 토론에 열심히 참가했다.

많은 시간이 흘러서
어느 날
이따금 씩 동아리에 들르는 한 동료가
주제토론에 참가하면서
글쓴이가 주제토론을 하는 것을 보고
글쓴이가 눈에 띄게 많이 달라졌다고 했고
이 때 어느 선배님도 거들면서 정말로 많이 달라졌다고 했다.

이런 일이 있은 뒤에
글쓴이가 나를 살펴보니
발표력은 상당히 좋아져 있는 것을 알 수 있었고
뒤에 군대에 가보니
이 부대에서도
일주일에 한 번씩 주제 발표하는 시간이 있어
글쓴이가 이 때 나의 발표력을 한껏 뽐내보았던 적이 있다.

아무튼
학교생활을 하면서
또 어느 날(1983년도)에
학과의 동료와 무슨 이야기 끝에
대입시험을 치르고
대입합격자를 알아보는 것에 대한 이야기를 하게 되었다.

그 친구는 외향적인 성격인데
대입합격자를 전화로 알아보았다고 했다.
왜냐하면
학교에 가서
게시판에 자기 이름이 없는 것을
보게 되면 너무 창피하다는 것이다.
내성적인 성격이라는 글쓴이는
글쓴이가 불합격했다는 말을 전화로 듣게 되면
너무나 창피하다고 느끼어 글쓴이는 학교에 가서 게시판을 보았
다.

여기서 글쓴이는
원효대사가 무엇을 깨달았듯이 글쓴이도 깨달았다.
외향적인 사람도 창피한 것이 있구나! 하는 것 말이다.

말할 것도 없이
외향적인 사람과 내향적이 사람의 차이를
'전화'와 '게시판으로 알아보는 것'의 차이에
대입하여 일반화하는 것은 잘못일 수가 있다.

그러나
글쓴이가 합격과 불합격을 알아보는 방법으로
전화로 할 것이냐 학교게시판으로 알아볼 것이냐에서
외향적인 사람도
나름대로는 씩씩하지 못한 한 구석이 있다는 것을 깨우쳤다.

마무리하면
글쓴이는
남들이 글쓴이를 내성적인 사람이라고 해도
발표력이 있어서 남들 앞에서 할 말은 잘 하고 있고
앞에서 이야기했듯이
글쓴이가 원효대사처럼 무엇인가를 깨달은 뒤(1983년도)로부터는
글쓴이는 내 스스로의 성격을 외향적으로 고치려고 하지 않고
현재에 만족하며
남들이 글쓴이를
내성적인 사람이라고 하든 뭐라고 하든
신경쓰지 않고 살아가고 있다. 2001. 11. 3.

3. 청소년이 대한민국의 국민으로서 할 일은 무엇인가?

1. 사람들은

   그냥 아무 생각없이

   청소년들은 갈 곳이 없다고 푸념하며

   청소년이 갈 곳에 대한 무슨

   대책위원회를 만들자고 떠드는 못난 사람들이 너무나 많다고

   생각한다.

2. 국민은 대체로

   노동인구(경제활동인구)와 비노동인구(비경제활동인구)로 나뉜다.

3. 청소년은

   비경제활동인구의 울타리에 있는 어엿한 국민의 한 사람이다.

4. 청소년도

   국민의 한 사람으로서 의무와 권리가 있는데

   의무를 다한 다음에 권리를 얻어내려고 힘쓰라는 것이 법이다.

5. 청소년은

   국민의 한 사람으로서 법을 지켜야 한다.

6. 청소년은
   먼 앞날의 나라의 일꾼이 되기 위해서
   청소년은 공부라는 노동을 해야할 의무가 있다.

7. 청소년이
   공부를 하다가 몸과 마음이 찌뿌드드하면
   도서관에서 가서 간행물을 보고 누리그물(인터넷)을 하고
   그래도
   찌뿌드드한 것이 가시지 않으면
   산에 가서 마음과 몸을 쭉 펴면 된다.

8. 청소년은
   어른이 아니기에 술을 먹으면 안된다고 법에 나와 있다.

9. 청소년들은
   지킬 것은 지킨다고 하듯이
   청소년들은 술을 먹어서는 안되고
   공부를 열심히 하는 것이 지킬 것은 지키는 것이라고 본다.

10. 청소년들은
   얼마 뒤에서 어른이 되면
   세상이 생각보다 넓다는 것을 알게 되고
   할 일도 많고
   그 할 일에 따른
   온갖 시련이 너무나도 어렵다는 것을 알게 된다.

11. 청소년은

어른이 되어서 할 일과

그 할 일에 따른 시련을 이겨내도록

먼저 공부를 열심히 하고

공부에 지친다고

숨어서 못난 어른들처럼 술타령이나 담배타령하면

어른이 되어서

할 일과 할 일에 따른 온갖 어려움을

이겨내지 못하는 어른이 될 수 있기에

공부에 지칠 때에는

앞에서 이야기한 대로 도서관이나 산에 가서

나름대로

마음과 몸을 펴도록 하면

이 다음에 훌륭한 어른이 되는 것이다.

12. 청소년은

청소년으로서 할 일이 있다.

이제까지 살펴본 바와

그 할 일은 공부를 하는 것으로

이 다음에

학생이 어른이 되어서

훌륭한 나라의 일꾼이 되도록

술타령과 담배타령을 하지 않고 공부를 열심히 해야 한다.

그래야

오늘날보다

우리 나라 대한민국이

튼튼한 나라 좋은 나라가 될 수 있기 때문이다. 2002. 1. 5.

4. 틀과 팀 그리고 멉시

— 교육과 공부는 사람을 멉시나게 한다.

'틀이란 울타리'에서
자라지 않는 사람이
튀려고 하는 것은
튀는 것이 아니라
버릇없는 망아지처럼 날뛰는 것이다.

몇 일전에
어느 벽에 붙어 있는 말로
"복종과 규율없이는
결코 위대한 사람이 될 수가 없다"라는 말을 보았다.

이 말은 서양사람이 말한 것이라고 했다.

'창비게시판'에서
어느 님이 말한 것으로
산에서
스승으로부터 가르침을 받던
제자가
산에서 내려갈 때를 결정하는 것은
스승이 내리는 것이 아니라

제자가 알아서 내려야 한다는 말을 읽었다.

모든 사람은
스승의 울타리에서
제자로서의 과정을 거쳐야 '사람'이 된다고 본다.
그리고
산에서 스승으로부터 가르침을 받았다가
산에서 언제 내려갈 것인가를
스승이 알려주면 그것은 제자가 못난 것이고
제자가 알아서 내려가는 때를 결정해야 한다는 말이 옳다고 본다.

사람은
틀안에 갇혀서도 안되지만
틀안에서 자라나지 않으면 제대로 클 수가 없다고 본다.

다시 말하면
틀안에서 제대로 큰 다음에야
틀밖으로 나와야 사람은 더욱 큰 사람이 될 수 있다고 본다.

틀안에서 자란 사람은
할아버지의 수염을 만지지 않지만
틀밖에서 자란 사람은
버릇없이 할아버지의 수염을 만지지는 것이다.

마무리하면
"복종과 규율 없이는

결코 위대한 사람이 될 수가 없다”고 할 수 있기에
사람은
틀안에서 교육을 제대로 배우고 익혀야 한다고 생각한다.
그리고
교육을 제대로 배우고 익혔는가는
스승이 결정하는 것이 아니라
제자가 스스로 결정할 수 있어야 큰 사람이 되는 것이고
이런 사람이 ‘튀는 짓’을 하면
이것은 ‘멋’이 되지만
그렇지 않고
틀밖에서 자란 사람이
튀는 짓을 하면 이것은 ‘버릇없는 짓’이 될 수 있다고 생각한다.

‘틀’은
‘억누르는 것’이 아니라
개구리가 멀리 뛰기 위해서 뒷걸음치도록 하는 것이고
‘튀는 것’은
개구리가 멀리 뛰기를 할 때
그 멀리 뛰는 모습이 멋지게 보이도록 ‘맵시’를 부리는 것이다.

사람은 사회적 동물로
사람은
누구나 남보다
튀어 보려고
이런저런 튀는 짓을 하려고 하는데
그 튀는 짓이 맵시가 날려면

앞서서 말했듯이

틀안에서

교육을 제대로 받아야 된다고 생각하는 것이 맺음말이다.

2002. 9. 26.

5. 삶과 꿈

삶과 꿈!
꿈과 함!
함과 보람!

보람과
나?
현남섭!

상황!
상황변화
상황인식
상황전개

날개!

오늘은
추론한 관념이
현실의 현상으로
나의 마음속에

들어온
오늘!

감정은
미학적 흥분!
풍선?!

오늘?
오늘!
오늘.

관념?과 현상!
오늘은 기쁘다

내일은
무엇을 할까
요리조리
요것조것
생각해 본다

아!
그것이다

내일이
밝아오면 곧바로 ……

(1987년에 씀)

6. 자유의 미학

1. 머리말

사람은
혼자서 있으면 외롭다고 하고
여럿이 모여서 부대끼다 보면
혼자서 내 마음대로 하고 싶어
자유라는 것을 찾아서 어디인가로 떠나고 싶어한다.
자유가 있는 곳으로 떠나 보자!
자유가 숨쉬고 있는 곳, 그 곳으로 가보자!
자유가 보인다.
자유를 만지려면 두 가지의 조건에서 벗어나야 한다.

여기서는
자유의 두 가지 조건을 설명하고
'자유의 함수'라는 것을 이끌어내어
자유를 구체적으로 시각화하여
현실에서 손에 잡히는 자유를 생각해 보고자 하니
우리 모두 홀가분하게 자유가 있는 곳으로 가보자!

2. 자유의 조건

존 스튜어트 밀은 자유란 "강제 없는 상태"가 아니라 "무엇을 할 수 있는 적극적인 힘"이라고 말했다.

이 말에는 '자유의 두 가지 조건'이 나타나고 있는데 이 까닭을 다음의 글을 통해서 풀어본다.

> "사상은 자유라고 한다. 사람은 자기가 생각하는 바를 감추는 한은 원하는 것은 어떤 것이라도 그 생각을 결코 방해받을 수 없다. 자기의 정신작용은 단지 자기경험의 폭과 상상력에 의하여 그 한계가 정해진다. 그러나 혼자서 생각하는 본래부터의 자유는 가치가 없다. 만일 그가 자기의 사상을 타인들에게 전하도록 허용이 되지 않는다면 사상가 자신에게는 불만족스러운 일이며, 심어지는 고통스러운 일이다……. 어떤 사람들은 소크라테스처럼, 자기들의 사상을 감추느니보다는 차라리 죽음을 당하기를 좋아했으며 오늘날에도 어떤 사람들은 자기들의 사상을 감추느니 보다는 차라리 죽음에 직면하려 할 것이다. 이 때문에 사상의 자유에는 어떤 가치 있는 의미에 있어서 언론의 자유가 포함된다."

위의 글은 사상의 자유가 가치가 있으려면 언론의 자유가 보장되어야 한다고 주장하는 글이라고 볼 수 있다. 여기서는 '가치문제'는 제쳐두고 단지 사상의 자유는 언론의 자유를 포함하는 것으로 가정한다.

위의 글에서 주장하는 '사상의 자유'를 누리려면 "자유의 두 가지 조건에서 벗어난 상태"가 사상의 자유를 누리려는 주체에게 주어져야 한다. 마침 위의 글에서도 자유를 누릴 수 있는 상태의 두 가지 조건이 나타나고 있다. 그것은 "자기의… 정해진다"와 "만일 … 허용되지 않는다면"에서 '자기의 경험의 폭과 상상력'과 '허용되지 않으면'이란 두 가지 조건인데, 이 두 조건은 존 스튜어트 밀의 말에서 나타난 무엇을 할 수 있는 힘과 강제 없는 상태와 서로 호응되고 있다.

왜냐하면 위의 글에서 말하는 바와 같이 어떤 개인의 사상의 자유를 누리려면 자기가 생각하는 바를 타인들에게 전할 수 있도록 허용되어야 하고, 이 사상의 자유는 단지 자기경험의 폭과 상상력에 의해서 그 한계가 정해진다고 했기 때문이다.

어떤 개인이 무슨 형태의 자유를 누리려면 자유의 두 가지 조건에 벗어난 상태가 갖추어야만 하는데, 이러한 상태는 다름 아닌 강제 없는 상태와 무엇을 할 수 있는 힘이 모두 갖추어진 상태라고 볼 수 있다.

논리를 전개하기에 앞서서 다음과 같은 세 가지 가정을 한다.

자유를 누리려는 주체는 '개인'이고 이 개인은 '국가'라는 단위의 공간에서만 자유를 누릴 수 있고, 이 개인이 누리려는 자유는 "자유라고 불릴만한 가치가 있는 자유로 우리들이 다른 사람의 행복을 빼앗으려고 하지 않는 한 또는 행복을 얻으려는 다른 사람의 노력을 방해하지 않는 한, 우리들이 좋아하는 방식으로 우리들 자신의 행복을 추구하는 자유이다"라는 원리로 이루어지는 자유라고 가정한다.

앞에서 인용한 '사상의 자유'를 누리려는데 있어서 '허용한다'는 것의 주체는 국가이므로 자유의 두 가지 조건에서 벗어난 상태의 강제 없는 상태를 관여하는 주체는 국가가 된다.

한편 사상의 자유를 누리는데 있어서 '자기 경험의 폭과 상상력의 한계'는 자유를 누리려는 주체인 개인 자신의 문제이므로 자유의 두 가지 조건에서 벗어난 상태의 '무엇을 할 수 있는 적극적인 힘'에 관여하는 주체는 개인자신이라고 할 수 있다.

그러므로 특정한 국가에 존재하는 개인이 무슨 형태의 자유를 누릴 수 있는 상태가 되려면 '국가의 간섭'에서 벗어나야 하고 한편으로는 '자기능력의 한계'로부터 벗어나야 한다.

　여기서 잠시 밀의 말, 즉 "자유란… 것이다"고 한 말을 새겨본다. 이 말은 국가가 강제 없는 상태를 보장하고 있는 상황에서 무엇을 할 수 있는 힘만 갖추어지면 무슨 형태의 자유든 누릴 수 있는데, 특정한 개인의 자유를 못 누린다는 것은 개인적인 문제이라는 것을 암시하고 있는 것으로 볼 수 있다. 그리고 이를 다른 관점에서 해석하면 국가는 특별한 경우를 제외하고 개인에게 강제 없는 상태를 보장해야 한다는 의미도 포함하고 있다고 말할 수 있겠다.

3. 자유의 함수

　앞에서 한 국가의 안에 살고 있는 개인이 무슨 형태의 자유를 누리려면 자유의 요건이 갖추어져야 한다고 했다. 이 요건은 내부제약요인인 자기한계와 외부제약요인인 국가의 간섭인데, 이 가운데 내부제약요인을 편의상 경제력과 경제외적 능력으로 나눈다.

　여기서 경제외적 능력이란 무엇을 할 수 있는 적극적인 힘, 즉 자기한계에서의 자신의 경제력을 뺀 나머지를 뜻하는 것으로 이를테면 상상력, 분석력, 추리력 등 제지력과 수완, 화술, 담력 및 자기의 직간접 경험 등을 의미한다.

　분석의 단순화를 위하여라는 전제아래 자유의 요건 중에서 외부제약인 국가간섭은 전혀 없고, 내부제약 중에서도 경제외적 능력은 전혀 무시되는 것으로 가정하여 오로지 자유의 요건에는 경제력만이 관계되는 것으로 한다.

　자유의 요건으로 경제력만이 관계되면, 자유는 경제력에 비례하는 함수이다라고 할 수 있다.

자유를 경제력의 함수라고 했는데, 경제력을 다시 재산과 소득으로 나누어 생각하고자 한다.

재산은 과거의 소득이 축적되어 일정 시점에서 측정되는 부로서 재산은 일단 소비를 위해 사용되면 개인 자신의 경제력은 감소한다고 볼 수 있다. 이러한 성질의 경제력을 이루는 것에는 부동산, 귀금속, 정기예금, 채권 등이 있다.

소득은 일정기간을 단위로 계속하여 발생하는 수입으로, 재산과 달리 소비를 위하여 사용해도 일정기간이 지나면 다시 보충되어진다. 이러한 소득에는 임금, 이자, 지대, 배당금, 이윤 등이 있다.

"자유는 경제력에 비례하는 함수이다"에서 경제력을 재산과 소득으로 나누어 볼 수 있는데, 재산은 일정 시점에서 측정되는 경제력이고, 소득은 일정기간을 단위로 하여 발생되는 수입이다. 그리고 재산은 일단 소비를 위하여 사용되면—소득과 상대적으로 생각하여—보충되지 않는 성질이 있다.

그래서, 자유의 요건인 경제력을 이루고 있는 재산을 무시하고 소득만을 고려하여 "자유는 소득에 비례하는 함수이다…"로 고치고자 한다.

"자유는 소득에 비례하는 함수이다…"라는 말에 의미를 부여하기 위하여 엥겔계수를 생각해 본다. 엥겔계수는 총생계비(소득에서 비소비지출—저축, 잔고이월—등을 포함하지 아니한 소비지출만을 의미함) 중에서 음식물비가 차지하는 비율로서 이것은 특정한 개인의 생활수준을 나타내는 지표이다.

이 엥겔계수를 자유는 소득에 비례하는 함수라는 말과 연결시켜 본다. 특정한 개인의 엥겔계수가 낮다는 사실은 생활수준이 높다는 것인데 이러한 개인은 소득수준이 높은 것이 사실이고, 자유는 소득에 비례하는 함수이므로 소득은 개인의 자유의 정도를 결정한다. 결국 특정한 개인의 생활수준과 자유의 정도는 소득에 따라 결정되므로, 특정한 개인의 엥겔계수는 그 개인의 자유의 정도를 나타내고 있는 것으로 해석할 수 있다.

4. 맺음말

국가에 살고 있는 개인의 일정한 형태의 자유를 누리려면 그 개인은 '자유의 두 가지 조건에서 벗나난 상태'가 되어야 한다. 이 상태는 외부제약요인인 국가의 간섭에서 벗어나 '강제 없는 상태'가 되고, 한편 내부제약요인인 '자기 능력의 한계'에서 벗어나 '무엇을 할 수 있는 적극적인 힘'이 갖추어진 상태가 되어야만 한다.

밀은 자유란 강제 없는 상태가 아니라 무엇을 할 수 있는 힘이라고 말했다. 이 말은 자유의 외부제약인 국가의 간섭이 없는 것으로 가정하고 특정한 개인의 자유는 개인 자신의 내부제약인 '자기 능력의 한계'에 따라 결정된다는 것으로 해석할 수 있다. 그래서 밀은 개인 자신의 자유는

개인 자신의 책임임을 강조했다고 할 수 있다.

나 자신도 말과 생각을 같이 해서 자유는 소득에 비례하는 함수라고 이끌어 왔다. 단지 자유의 내부제약요인을 소득이란 개념으로 한정하여 자유를 보다 구체적으로 시각화하여 표현하고자 했다.

'자유의 미학'의 뒷풀이

자유는 소득에 비례는 함수이다라는 말이 전제할 때 이러한 말을 할 수 있겠다.

1) 누군가에게 자신이 얼마의 돈을 빌려주었다는 것은
   그 사람에게 일정한 범위의 자유를 빌려 주었다는 것이다.

2) 자신이 누군가로부터 얼마의 용돈을
   받았다는 것은 그 만큼의 자유를 받았다는 것이다.

3) 길거리에서 우연히 얼마의 돈을
   주었다는 것은 그 정도의 자유를 주었다는 것이다.

4) 길거리에서 우연히 얼마의 돈을
   잃어버렸다는 것은
   그 정도의의 자유를 잃어버렸다는것이다.

5) 어떤 사람이 불우이웃돕기에
   얼마의 돈을 보내는 것은 그 만큼의 자유를
   불우이웃에게 베풀었다는 것이고
   그 어떤 사람은 그 만큼의 자유를 포기했다는 것이다.

6) 어느 나라에서
   소득분배가 잘 된다는 것은 국민 모두가
   자유를 골고루 누리고 있다는 것이고,
   그 반대는 자유가 어느 한 곳으로 몰려 있다는 것이다.

7) 실업자란 노동(노동력)을 소유하고 있지만
   이를 활용을 못하여 자유를 얻지 못하는 상태의 사람이다.

7. 한자어와 외국어를 우리말로 다듬어 쓰는 것을 살펴보기!

한자어와 외국어를 우리말로 '다듬은 것'과 '다듬는 것'에 대하여 이야기를 하고자 한다.

글쓴이는 『남한 주민이 알아야 할 북한 어휘 2000개(정종남 지음, 종로서적, 2001년)』라는 책과 『사전에 없는 토박이말 2400(최기호 지음, 토담에서 펴냄, 1995년)』이란 두 권의 책을 읽고, 이 두 권의 책에 나온 남한과 북한의 낱말들을 살펴보면서 이 낱말들이 이렇게(?), 저렇게(?) 다르다는 것을 느끼게 되면서도 그 낱말들 사이에는 서로 '같은 흐름'도 있다는 것을 알게 되었다.

그 같은 흐름이란 것은 남한과 북한은 서로가 한자어와 외국어를 우리말로 다듬어 놓은 것들이 보여서 글쓴이는 이에 대하여 나름대로 보고 느낀 점을 말하고자 한다.

먼저 북한에서 한자어를 우리말로 다듬은 것을 살펴본다.

'갈등'을 '마음다툼'으로, '야유회'를 '들놀이'로, '지하수'를 '땅속물'로, '출입문'을 '나들문'으로, '압정'을 '납작못'으로, '가발'을 '덧머리'로, '부력'을 '뜰힘' 따위로 한자어를 우리말로 다듬어 쓰고 있는 것을 보았고 책에 나와 있는 몇 개의 '보기글'을 옮겨놓는다.(앞으로 인용하는 지문과 글쓴이가 쓴 구절 가운데 일정한 구절을 힘주어 말하기 위하여 글쓴이가 그 구절에 밑줄을 그어 나타냄.)

1. 이 '나들문(출입문)'으로 나오세요.(50쪽)
2. 오늘은 유치원에서 '들놀이(야유회)' 가는 날이다.(69쪽)

3. ‘뜰힘(부력)’을 잘 계산하여 안전하게 비행할 수 있는 비행기를 만
   들었다.(72쪽)
4. 그의 마음속에서는 두 갈레의 ‘마음다툼(갈등)’이 있었다.(78쪽)

북한에서 외국어를 우리말로 다듬어 쓰는 보기들을 살펴본다.

‘스크랩북’을 ‘오림책’으로, ‘원피스’라는 옷을 ‘달린옷’으로, ‘투피스’라는 옷을 ‘나뉜옷’으로, ‘젤리’를 ‘단묵’으로, ‘카스테라’를 ‘단설기’로, ‘시럽’이란 물약을 ‘단물약’으로, ‘카라멜’을 ‘기름사탕’으로, ‘비스켓’을 ‘기름과자’로, ‘액세사리’를 ‘치레걸이’ 따위로 외국어를 우리말로 다듬어 쓰고 있다.

책에 나와 있는 몇 개의 보기글을 갖다 놓는다.

1. 오늘은 유치원에서 ‘기름과자(비스켓)’를 간식으로 주었다.(41쪽)
2. 아버지가 생일선물로 ‘달린옷(원피스)’을 사주었다.(60쪽)
3. 할머니들은 ‘단묵(젤리)’을 좋아한다.(59쪽)
4. 아이들은 알약보다 ‘단물약(시럽)’을 좋아한다.(59쪽)

남한에서 한자어와 외국어를 우리말로 다듬은 보기를 살펴본다.

운동경기를 중계방송할 때 ‘스로모션’을 ‘느린그림’으로 부르고 있고, 요즈음은 명절이나 주말에 라디오와 테레비에서 귀향길과 귀경길의 교통상황을 이야기를 할 때 ‘○○ 인터체인지’라는 말을 쓰지 않고 ‘○○ 나들목’이란 우리말로 쓰는 것을 볼 수 있는데 ‘사전에 없는 토박이말 2400’에 나온 보기글을 갖다 놓는다.

1. “지금 ‘느린그림’에서 나왔지만 상대방의 슈팅이 볼만하네요”
                    (MBC-TV 95.1.31 ‘축구경기 중계’에서, 85쪽)

2. 94 우리 것 지키기 생활문화 '들살이(캠프)'.
   (우리 농업 지키기 범국민운동 본부 광고문 – 한국경제, 94. 7. 5. 108쪽)

3. '만년필, 볼펜, 시계' 따위도 우리다운 바른 뜻을 담아 '졸졸붓, 돌
   돌붓, 때알이'이로 바꿔서 갈라진 나라가 하나로 뭉쳤을 때의 우
   리말을 앞장서서 이끌어 나가야 하지 않겠느냐고, 버릇없는 말씀
   을 드리곤 할 때도 웃으시면서 너그럽게 받아 주시곤 하셨습니다.
             (술결새벌 – 우리 말본을 제대로 일깨워 주신 스승님, 96쪽)

4. 네바퀴굴림 : 자동차 따위에서 엔진의 동력을 네 바퀴에 모두 전달
   하여 구동시키는 것
   사륜구동, 전륜구동, 상대말 두바퀴굴림
   ※ 기존의 네바퀴굴림은 주행상황과 운전자의 기호에 따라 두바
      퀴굴림과 네바퀴굴림을 선택하도록 돼 있다.
                                  (동아일보, 95. 5. 15. 74쪽)

5. 활개옷: 츄리닝을 다음은 말
   ※ 활개옷이라는 말은 운동이니 훈련이니 자유니 하는 말 없이도
      자유자재로 활동하는 편리한 옷이라는 새 뜻을 충분히 전달할
      수 있는 새 말이 될 수 있을 것이다.
             (김하수, 연세대 교수 – 한국일보 1993. 9. 18. 366쪽)

우리 속담에 '하나를 알면 열을 안다'는 말이 있다.

북한에서 한자어와 외국어를 우리말로 다듬어 놓은 보기들을 가
운데에서, '비스켓'을 '기름과자'로, '유조선'을 '기름배'로, '카라멜'을
'기름과자'로 다듬었고, '예인선'을 '끌배'로, '슬리퍼'라는 신을 '끌신'
으로, '인력'을 '끌힘'으로 다듬었고, '카스테라'를 '단설기'로, '젤리'
로 '단묵'으로, '시럽'을 '단물약'으로 다듬었는데 여기서 보이듯이
'기름'과 '단(달다)'과 '끌(끌다)'이란 말이 보이고 있다.

한글학회에서는 '인터넷'을 '누리그물'로 '홈페이지'를 '누리집'으로 '사이트'를 '누리터'로 다듬어 쓰고 있는데 여기서 '누리'라는 말이 붙어 다니는 것을 볼 수 있다.

앞에서 '들놀이', '들살이'라는 말을 살펴보았는데 이 말은 '나들이'라는 말에서 나온 것으로 볼 때, 자동차를 가지고 '드라이브를 다녀올까(나갈까)'하는 말에서 '드라이브'라는 말을 '차나들이'로 다듬어 보았다.

그리고 북한에서 '액세사리'를 '치레걸이'라고 하고, '방치레'는 '방을 꾸미는 일(토박이말 2400개라는 책의 164쪽)'이라고 하는 말을 바탕으로 해서 '실내장식'과 '인테리어'라는 말을 '집안치레'로 다듬어 보았다.

정주리 님이 쓴 『생각하는 국어(도솔, 1994년)』라는 책에서 우리말에는 무엇을 하는 사람이나 무엇인 사람을 나타낼 때는 '-지기'이나 '-쟁이', '-꾼', '-뱅이(가난뱅이)', '-팡이(놈팡이)', '-아치(벼슬아치, 동냥아치)', '-깽이(말라깽이)', '-내기(뜨내기, 풋내기)', '-뜨기(시골뜨기)' 등등이 붙는다고 설명하는 것이 보이는데 이러한 것을 초중고 및 대학의 국어시간에 현재보다 좀더 알차게 교육을 시키면 '하나를 알면 열을 안다'는 속담에 따라서 한자어와 외국어를 우리말로 다듬어 쓰는 일을 누구나 마음만 먹으면 손쉽게 할 수 있다고 생각하며 '-지기'와 관계되어 정주리님은 아래와 같은 말을 하고 있다.

또, '-지기'라는 접사는 남의 일을 맡아보거나 관리하는 사람을 나타내는 데 쓰이는 말이다.'청지기(옛날 양반집의 수청방에 있으면서 잡일을 맡아보고 시중을 들던 사람)', '방지기(방을 지키는 사람)', '당지기(사당이나 당집을 맡아보는 사람)', '산지지(남의 산을 맡아보는 사람)', '묘지기(남의 묘를 관리하는 사람)', '등대지기', '문지기' 등의 낱말을 찾을 수 있다.(106쪽)

글쓴이는 누리집을 운영하는 사람을 우리말로 ‘누리집지기’라 하고, 한자어와 외국어로는 단순히 ‘운영자’, ‘관리자’, ‘웹마스터’로 쓰이는 것으로 알고 있으면서 누리그물에서 언뜻언뜻 ‘○○지기’라는 말을 봐온 상태에서 어느 날 ‘라이코스’란 누리터인 ‘www.lycos.co.kr’에서 ‘지기’를 치고 ‘검색’을 누르니까 뜻밖에도 이를테면 ‘겨레지기’, ‘자투리인형지기’라는 투로 ‘-지기’가 붙은 ‘누리집지기’의 이름이 많이 쓰고 있는 것을 보고 놀라웠는데 그 ‘○○지기’라는 말들 가운데 몇 가지 보기를 갖다 놓는다.

<u>육군사관학교 겨레지기</u>(http://www.kma51.com/)-육군사관학교 51기 동기회로 동기회 소개, 동기 소식 등을 제공. ……
<u>자투리인형지기</u>(http://www.jaturydoll.pe.kr/)-인형의 온라인 판매, 갤러리, 무료패턴을 제공한다. ……
<u>제주지기</u>(http://www.chejujigi.co.kr/), 안효광의 광고지기 (http://www.breezynet.com/)
<u>하늘지기</u>(http://my.dreamwiz.com/kyoung1999/)
<u>사랑지기</u>(http://my.dreamwiz.com/diosakim/)
<u>햇살지기</u>(http://www.hattsalzigi.co.kr/)
<u>이연희의 어린이지기</u>(http://nanyeony.hihome.com/)

우리는 <집터, 빈터, 나루터, 궁터, 쉼터, 집터, 놀이터, 장터> 따위처럼 ‘-터’가 붙은 낱말을 많이 쓰고 있는데 어느 누리터에서 ‘터’를 치고 찾기를 누르니까 <○○배움터, ○○나눔터, ○○집터, ○○사랑터, ○○장터, ○○놀이터>라는 말들이 보이고 있다.

언론과 관계된 <u>프레스센터</u>라는 외국어가 있다. 이 <u>프레스선터</u>를 <u>‘소리터’</u>로 다듬어 보았다.

앞에서 말한 ‘토박이말 2400’이란 책의 152쪽에서 ‘물이랑’은 물이 너울져서 ‘발이랑’처럼 된 것이라고 말하면서 ‘이랑’은 밭의 ‘두둑’

과 '고랑'을 함께 가리키는 말로, '두둑'은 흙을 긁어모아 높게 만든 부분이고 '고랑'은 '도랑'처럼 길게 파인 곳이라고 한다.

라디오와 테레비로 수영 중계방송을 할 때 몇 '레인'에 어느 선수가 있다고 하는 말을 들을 수 있는데 이때 '레인'이란 말을 쓰지 말고 우리말인 '고랑'이란 말로 쓰면 좋을 것으로 생각해본다.

오래전부터 대학생들이 '서클활동'이란 말을 '동아리활동'으로 다듬어서 쓰고 있는데 대학교에서 교수님이 학생들에게 학점을 줄 때 'A', 'B', 'C', 'D', 'F'라는 기호를 쓰고 있다.

이 기호들을 '가', '나', '다', '라', '아'로 다듬어 쓰면 외국어를 우리말로 다듬어 쓰는데 상징적인 뜻을 보태주는 것이라서 매우 좋을 듯하다고 생각한다. 여기서 '아'라는 말을 한 것은 무엇이 잘못된 것을 갑자기 깨달았을 때 '아차'라는 감탄사를 쓰는 것과 '아프다'의 감탄사인 '아야'라는 말을 생각하여 '아'라는 말을 했다.

글쓴이는 오래 전에 어떤 사람이 우리 나라에는 한자어인 '내일'을 뜻하는 우리말이 없기에 '우리 나라는 내일이 없다'고 하는 말을 들은 적이 있었는데 '사전에 없는 토박이말 2400'이란 책에서 '내일'을 뜻하는 우리말이 있다는 것을 알았다.

'내일'을 뜻하는 우리말에 대한 다음과 같은 말을 옮기며 한자어와 외국어를 다듬는 것에 대한 글을 맺고자 한다.

올제 : 오늘의 바로 다음 날. 곧 '내일'을 뜻하는 토박이말. 최초의 기록은 고려 때의 문헌인 '계림유사'에 '明日曰轄載'로 나타난다. 그런데, 내일에 대응되는 '轄載'의 소리값을 '하제, 올제, 후제'등으로 사람마다 다르게 추정하고 있다. 백기완 선생은 '올제'를 쓰고 있고, 수원대 천소영 교수는 '후제'가 타당한 것으로 보고 있다. 일반적으로 '올제'가 타당한 것으로 보는데, 여하간 '그제―어제―오늘―후제(올제)―모레'와 같

이 모두 갖추어지는 셈이다.

(241쪽)

　※ 본디 커단 일을 치른 사람은 <u>다가올 '올제'를 생각해서</u> 물끄러미 앞산을 바라보듯이 말이 없는 법이다.

(백기완, 장산곶 이야기②, 241쪽)

　※ <u>내일이란 한자말은 분명 옥에 티와 같은 존재이다</u>. 지금이라도 고유어 '후제'란 말을 되살려 쓸 수는 없을까?

(천소영, 부끄러운 아리랑, 370쪽)

덧글 : '<u>내일</u>'이란 한자말은
　　　　틀림없이 '<u>옥에 티</u>'와 같은 존재이니
　　　　'<u>그제－어제－오늘－올제(후제)－모레</u>'의 틀이 되도록
　　　　이제부터는 '내일'을 우리말인 '<u>올제(후제)</u>'로 쓰면서
　　　　한자어와 외국어를
　　　　우리말로 다듬어가면
　　　　<u>우리 나라의 '앞날(올제)'은 밝아올 것이다.</u>

8. 우리가 여기에 있기에 우리말은 미래가 있는 것이다.

1. 우리말은 미래가 있는가

2. "우리말은 미래가 있는가"라는 투로
   스스로를 낮추는 사람은
   뭘 볼 수 있는 눈이 나쁘기 때문이다.

3. 뭘 볼 수 있는 눈이 좋은 사람은
   스스로를 낮추지 않고 세상을 본다.

4. 세상을 보라!

5. 세상은 넓고 할 일도 많지만
   시련은 있어도 좌절은 없는 것이다.

6. 스스로가
   스스로의 힘으로
   스스로를 세우는 사람은
   세상을 다스리는 사람이 되는 것이지만
   스스로의 힘으로
   스스로를 세우지 못하는 사람은

늘 남으로부터
다스림을 받는 들러리가 되는 스스로를 바라볼 뿐이고
그런 스스로는 남에게 스스로를 낮추어야 살아갈 수 있는 것
이다.

7. 사람들이여!
무엇이 못났기에 스스로를 낮추는가?

8. 우리는 남이 아니다.

9. 우리에게는
너와 나가
함께 하는
그 울타리가 우리에게 있기에
우리말은 미래가 있는 것이고
우리말을 우리 스스로가 가꾸어서
우리말의 미래를 밝아오는 아침이 되도록 해야 하는 것이다.

2002. 7. 9.

삶에는 꿈이 있고
꿈속에서는 자유가 잘 보이지만
현실에서는
자유를 보는 것이 힘들기에
꿈속처럼
현실에서도
자유를 느낄 수 있도록
현실에서는 공부를 해야 하는데
공부란 자아를 찾는 것으로
자아를 찾는 방법 가운데
그 하나가 글짓기(쓰기)라고 생각합니다.
일반적인 글과 논술을
참하고 차른하게 쓰실 것으로 생각합니다.
글그림 논술을 읽어주셔서 고맙습니다.

끝으로

글그림 논술이 나올 수 있도록

밀어주신

역락출판사 이대현 사장님과

글그림 논술에 참하고 차른하게 수를 놓아준

편집부 직원분들께도 고맙습니다.

2003. 4. 7.

현남섭 드림

지은이 소개

현남섭

1. 1960년에 태어났습니다.
2. 서울시립대학교
   무역학과를 졸업했습니다.
3. 시립대 신문에
   논설적인 네 편의 글이 실리었습니다.(1990~1991년)
4. '한글새소식(한글학회에서 펴내는)'에
   논설적인 네 편의 글이 실리었습니다.(2001~2002년)

글그림 논술

찍은날   2003년 04월 23일
펴낸날   2003년 04월 30일
지은이   현남섭
펴낸이   이대현
꾸민이   이은희 · 안현진 · 조유미 · 박진희
펴낸곳   도서출판 **역락** / 서울 성동구 성수2가 3동 301-80
         (주)지시코 별관 3층(우133-835)
대표전화 영업 3409-2058 편집부 3409-2060 FAX 3409-2059
E-mail   yk3888@kornet.net / youkrack@hanmail.net
등   록   1999년 4월 19일 제2-2803호

정가 9,000
ISBN 89-5556-201-2-03810

*잘못된 책은 교환해 드립니다.